INTERZONA

– 4 –

Collana diretta da
Orazio Labbate

Francesco Marangi è nato a Genova nel 1998. Vive tra Varazze e Torino, dove ha frequentato la Scuola Holden e ha conseguito la laurea triennale in Contemporary Humanities. Ha svolto vari lavori, nelle serre come aiuto bracciante e sulle spiagge come bagnino. Nel 2020 è arrivato nella cinquina finalista del «Premio Raduga» con il racconto *Il bunker*. *Angeli di sale*, il suo romanzo d'esordio, è risultato finalista alla XXXV edizione del «Premio Italo Calvino».

Francesco Marangi

Angeli di sale

POLIDORO

Angeli di sale
di Francesco Marangi

Viale Colli Aminei, 36
80131 Napoli
www.alessandropolidoroeditore.it

Design di copertina: /tracciafantasma/, Milano

ISBN 9788885737747

A Lei

Questa è la mitologia della morte moderna
E questi, camuffati, sono mostri d'elegia,
Dalla loro stessa meraviglia e compassione fabbricati,

Composti e ricomposti, vita dopo vita,
Queste sono della morte le supreme immagini,
La pura perfezione dello spazio parentale,

I figli di un desiderio che è volontà,
Anche di morte, le creature della mente
Nello spazio circondato di luce della mente, la fiammata floreale...

Aurore D'Autunno, WALLACE STEVENS

PROLOGO

Ecco il paradiso crudele. Ci sono scafi di legno incrostati di alghe e salino legati con spesse corde agli scivoli di cemento, scheletri rovinosi di barche che emergono dalle dune di sabbia insieme a lamiere arrugginite, rami spezzati e rocce levigate dalle correnti in una luce bollente confusa dall'aria che rovista nella polvere e riflette l'orrore scarno delle rovine, relitti ancorati a un passato rinchiuso in prigioni costruite nella tenebra dei fondali. Una memoria che si affida alle ombre, ai racconti e alle leggende che narrano di bestie miracolose, bestie che spargono sangue per celebrare l'infinità dei corpi celesti mentre davanti a loro i tronchi si confondono con sculture antiche e cadaveri e resti di civiltà sepolte e dimenticate, un avvicendarsi delirante di silenzi che si perdono fra le onde in cimiteri marini.

Ci sono ancora quelle creature mitologiche che affiorano dall'acqua quando fa buio? Il pescatore dice di aver visto un corpo di donna spellarsi in pinna squamosa, al largo, dove il chiarore lunare si spegne in una follia di cieli e orizzonti e ombre senza nome guardano con occhi vivi di coscienze millenarie su, verso gli astri, dove sono scomparsi gli antenati. Allora il mare ha una voce di cataclismi e suppliche.

Sulle colline arrivano solo i mormorii dell'eterno con il bianco bruciare di gabbiani sospesi fra cortecce d'ulivo e muretti a secco coperti di muschio e campanili che svettano sopra il silenzio tombale delle gole di roccia. Anche lì l'aria gronda di sale. È pesante e turbina a scariche sbriciolando gli scisti e scoprendo radici aggrovigliate nelle profondità del suolo. Ci sono tumuli e catacombe, ossa e teschi decorano le pareti sotterranee e gli anfratti più nascosti dove si sente rimbombare ancora il clangore metallico di corpi stretti nella lotta e la musica salmodiante di danze rituali, dove la luce sprofonda in pandemoni d'ombra e la ragione si confonde con la memoria.

Rimaniamo in ascolto, gli occhi spalancati su un sipario di strapiombi e pinete, lingue di luce nascondono per qualche secondo il vuoto. Sul fondale si muove qualcosa di immenso che giace sepolto da secoli, le correnti girano sotto la pressione della sua potenza, il suolo rabbrividisce e uccelli si alzano in volo dagli alberi. È l'inizio e la fine di ogni cosa.

PIETRO

Sento il sole che mi pesa sulle spalle e mi scalda la pelle con un calore che la mia pelle ricorda. Ascolto le ali delle cicale. Vedo ulivi sepolti nella luce; tronchi e rami contorti proiettano piaghe d'ombra, schiacciate al suolo. Sento i cani abbaiare nelle gabbie e il rumore della motocarriola di Pa': un rumore di lamiera e cingoli sulla terra. Mi fermo. Tolgo lo zaino da una spalla per vedere se c'è dell'acqua; ho in bocca un sapore di polvere. La strada non l'hanno asfaltata alla fine. Pa' diceva sempre che era da asfaltare questa strada; diceva sempre bisogna asfaltarla questa strada, fa schifo questa strada è piena di buchi e mi si rovinano gli ammortizzatori del camioncino, diceva, mi si rovinano le gomme. Prima o poi l'asfalto io.

Ogni volta che si passa su di qui si alza un polverone e d'estate poi non ne parliamo ti si chiude la gola solo a camminarci non fa bene respirare quella roba è come respirare terra che ci vuoi fare mica nasciamo tutti coi pantaloni mi verrà la schiena come tuo nonno che adesso cammina guardando la terra che ha lavorato con le sue mani e non può più alzare la testa al cielo e respirare e anche tua madre poverina è lei che mi preoccupa che voleva fare la pittrice è una che ha studiato e che legge invece si è trovata a sposare me che c'ho i buchi nelle tasche e non faccio altro che raccogliere frutta raccogliere verdura e lei costretta a svegliarsi sempre all'alba per andare a vendere al mercato.

Guardo il cielo. Le ali di un gabbiano incastrate nell'azzurro. I miei occhi si perdono, è come se venissi risucchiato verso l'alto e ho paura di cadere, come quando sogni e ti risvegli di soprassalto. Poi vedo casa: è sempre uguale, bianca; la terrazza che sporge verso la costa, verso il mare. Mi volto e vedo il mare che incide l'orizzonte. Una fossa di luce sospesa che oscilla nella corrente e si increspa e confonde la terra in abbagli. Allargo il petto in un respiro; prendo fiato. Sento Pa' che grida qualcosa, una bestemmia, ma la sua voce si perde nel verde e nella luce. Non sento più il rumore della motocarriola: gli si è fermata e non riparte. Magari manca la benzina e lui non se l'è portata dietro perché pensava che il serbatoio fosse pieno.

«Bruno!» grida, «Bruno!». Sorrido. Questa volta lo sento ruggire, come quando dalla terrazza ci chiamava per cena e noi a giocare nei campi fino a sera, fino a quando il sole si accasciava sotto le pinete, e le colline si facevano gigantesche ombre scure accucciate e correvamo su per la strada, prendendo il sentiero per fare prima se era tardi; arrivavamo a casa con le ginocchia sbucciate e coi vestiti sporchi e mamma ci faceva spogliare nudi sul pianerottolo, prima di entrare.

La sua voce non è cambiata. Bruno aveva detto che stava male, che dovevo venire subito; così sono venuto. Sono qui.

Per strada ho visto una donna uscire sulla terrazza. Teneva in mano qualcosa che ha srotolato e ha scrollato giù, fuori dalla ringhiera. Sembrava lei. È passato tanto tempo. Ho abbassato lo sguardo. Non volevo trovare i suoi occhi.

«Bruno!», «Bruno!» chiama Pa'. Rimetto lo zaino sulle spalle; non pesa molto, c'è solo il necessario per qualche giorno; bisogna vedere come sta Pa'. A sentirlo bestemmiare sembra bene. Riprendo a camminare. Una brusca folata piega le fronde, le foglie sibilano, per un istante mi alza il calore dalla pelle.

Ho visto che passava. Era lontano, immerso nella strada assolata e senza ombre e stavo preparando il pranzo, avevo già l'acqua sul fuoco per buttare la pasta e sono andata a scrollare la tovaglia fuori, sul balcone; e così l'ho visto. Una figura minima affogata nella luce. Un corpo di luce e sole, sfilacciato nella calura tremante. Solo la testa emerge dal suolo. Il resto di lui si perde nel paesaggio, a ogni passo diventa sempre più piccolo, si avvicina sprofondando, immergendosi fino alla gola. Ho capito subito che era lui e che era tornato in paese per suo padre. Lo sapevo da Bruno.

Sono rimasta a guardare la sua piccola forma scura venire verso di me, su per la strada, come era successo già tante volte. E i miei genitori non c'erano perché papà si fermava in cantiere fino a sera e mamma usciva a prendere il caffè con le amiche e tornava anche lei la sera, di solito ubriaca, che quando papà la vedeva si metteva a gridare e sbatteva le porte. C'era solo Enrico in casa, ma di solito lo chiudevo nell'altra camera e se ne stava lì, zitto, fino a quando avevamo fatto. Gli dicevo vieni Ico, e lo prendevo per mano, gioca un po' con le macchinine, dicevo. Prendevo una macchinina e la facevo andare sul pavimento, poi gliela passavo. Ico mi guardava. So che non capiva ma quando mi guardava sembrava che capisse e allora dicevo stai qui buono, io torno subito. Chiudevo la porta e giravo la chiave nella toppa, poi andavo ad aprire la porta di casa.

Tornava da scuola che io ero già rientrata, e gli aprivo; sentivo i suoi passi leggeri su per le scale; saliva le scale senza peso, come un fantasma. Vivevamo in due tempi diversi, lui rivolto all'indietro, perso nel suo didentro. Un vuoto lo circondava, percorreva enormi distanze solo con lo sguardo. Gli costava fatica. Nel suo sguardo trovavo detriti, cenere e ossa.

Lo aspettavo sull'uscio e vedevo i suoi capelli neri; gli occhi li alzava solo alla fine, solo prima di entrare. Entrava in casa senza dire nulla e mi prendeva in silenzio, senza parole sulle labbra carnose e mi baciava e mordeva il collo; facevamo l'amore. Aveva un modo suo di fare l'amore, fino a non stare più in piedi, come se tutte le parole che avrebbe voluto dire e non riusciva a dire le riversasse nella carne per liberarsi di un peso enorme, insopportabile. Il suo corpo si attaccava al mio con un terrore da moribondo e mi si schiacciava addosso. Ero sorda e bagnata fra le cosce e il suo terrore aveva qualcosa di fragile che mi eccitava. Le sue mani stringevano la mia carne come se volessero strapparla. A volte pensavo mi avrebbe morsa e masticata. Ma non avevo paura. Cercavo di prendergli gli occhi, entrargli dentro e fermarlo. Volevo rimanere nei suoi occhi il più a lungo possibile. Volevo liberarlo dalle macerie, riportare i suoi occhi a quel presente in cui c'eravamo noi nudi e allacciati a godere.

Quando l'ho visto venire su per la strada, con lo zaino, come quando arrivava da scuola, mi è sembrato di tornare indietro a quell'estate, che fu l'ultima, e ho sentito un calore in mezzo alle gambe e ho pensato: tuo figlio... tuo figlio... ma non riuscivo a pensare altro. Non ho detto nulla; e quando era troppo vicino e vedevo già le sue labbra e sentivo i suoi passi di fantasma, ho scrollato di fretta la tovaglia, le briciole che cadevano giù come foglie, ondeggiando nell'aria rovente; l'ho ripiegata stringendola al petto, come un bambino; poi ho chiuso la finestra e ho messo tavola, come ho sempre fatto, anche quando lui veniva a prendermi e i miei genitori non c'erano. E il mio bambino, ho pensato, è una foglia caduta, bruciata dal sole. Un bambino leggero, bambino di foglia scosso dal vento, sfregiato dal sale marino e poi caduto, nel mio ventre. Già morto era. È uscito morto, sanguinante, come se l'avessi ferito da dentro, come se lui l'avesse lanciato dentro di me con disperazione furiosa. È caduto fuori di me nel buio, mentre sognavo. Le mie mani l'hanno toccato, ho pensato di sciogliermi, nel sogno. Ero sola. Quando ho capito ho pianto, tappandomi la bocca. Ho provato a rimetterlo dentro ma lui era già foglia, in principio. Doveva cadere e perdersi nel buio, lontano da me.

PIETRO

Secondo te sono bella?

io...

tu mi vedi bella?

Era stesa di fianco a me e il suo viso era vicino al mio, posato contro il cuscino, e volevo guardarla in fondo agli occhi per averla tutta; volevo entrarle in fondo all'anima e rannicchiarmi lì e non pensare più a nulla; stare lì, nudo, sepolto dentro di lei, in un silenzio sacro, tombale, potevo vedere senza essere visto. Un silenzio che somigliava a una benedizione. E vedevo il mio corpo da fuori, patetico come una marionetta. Le labbra da marionetta immobili e mute e il corpo steso in una posa scomposta, surreale, come fossi caduto dall'alto. Avevo fili fissati alle braccia e alle gambe e aspettavo di essere mosso. Pensavo ora parli. Aspettavo di sentire la mia voce patetica e falsa rovinare quel momento, ma la bocca rimaneva ferma, con un'espressione beffarda. Rimani zitto, pensavo, non deve esserci suono fra te e lei. Non hai nulla di importante da dire

non parli mai... perché non mi dici che sono bella?

Le sfiorai la guancia con la mano e la sua pelle era bianca; volevo prenderla in silenzio, senza parole, sentire il suo sapore nella bocca e lasciarle un segno per marchiarla, che tutti sapessero che era mia e dire: sei mia e sei bella, senza dirlo; volevo toccarla fino in fondo fino alle ossa, per averla tutta quanta, cercavo di stringerla, per sentire anche quelle parti di lei che nessuno aveva mai sentito, il sapore della sua pelle il suo essere dentro sé stessa e farne parte, così non mi avrebbe dimenticato. La luce passava sottile attraverso la tapparella e proiettava ombre sui muri e le nostre ombre sdraiate con noi a toccarsi senza rumore

dimmi qualcosa devi dirmi qualcosa

Le dita sulle labbra e l'umido della sua bocca, la lingua, il neo sul lato dell'occhio. Volevo conservarla, a pezzi, per ricordarla meglio. Quelle parti di lei indelebili e eterne. L'orecchio nascosto dai capelli. I seni. La peluria sul ventre.

Le pizzico la coscia e lei ride. Mi morde la spalla. Le passo una mano sull'inguine. Il suo viso affondato nel cuscino. Fra le gambe un calore d'erba bruciata e i suoi capelli sparsi che mi solleticano il collo e il petto; vivere fra le sue gambe e respirare il suo odore, essere una cosa sola. Un corpo totale, su cui crescono alberi da frutto e le braccia infiorano rocce, sui capezzoli orbite di pianeti e stelle estinte, l'ombelico una terra battuta da piogge. La mia mano si ferma sulla sua fronte.

Il cancello per scendere alle serre sempre aperto; il solito catenaccio col lucchetto arrugginito. Il suo sguardo duro su di me e sono di nuovo bambino, e mi schiaccia con gli occhi senza muoversi, per qualche istante, ritto in piedi, col cappello di paglia tutto rotto che usava ogni estate per proteggersi dal caldo; e la fronte in ombra, l'unica cosa in ombra sotto quel sole pesante di mezzogiorno che infuoca il cemento della strada che avevamo gettato tutti insieme, quella sì: fino alle serre era suo il terreno e il comune non c'entrava. In piedi con le braghe lunghe e la camicia con le maniche arrotolate. Il viso un po' più magro, ossuto, scavato da rughe profonde come se il tempo avesse arato la sua faccia, e gli occhi che risaltano in tutto questo, ancora più grandi e lucidi, spiccano dal cranio oltre la fronte ampia e scura. Mi fa cenno di scendere e lo raggiungo. Vorrei abbracciarlo. Nel suo sguardo nessuno stupore. Sono tornato Pa', ma non dico niente. Afferra il cappello, con la mano enorme rispetto al corpo ossuto, e se lo toglie; poi, sempre tenendolo in mano, si asciuga con l'avambraccio il sudore dalla fronte ora invasa di sole. Abbassa il capo verso la motocarriola e armeggia col serbatoio e io lì di fianco a lui, fermo, ad aspettare che dica qualcosa. Svita il tappo e guarda dentro. Alza lo sguardo. Sono io Pa', sono Pietro sono qui sono tornato per te.

Indica qualcosa alle mie spalle, come se i suoi occhi mi avessero trapassato: una canna di bambù spezzata, dentro un secchio. Mi chino per prenderla e gliela passo. Lui la infila nel serbatoio e la tira fuori. La canna è rimasta quasi asciutta, qualche goccia cade a terra. Pa' grugnisce e si frega le mani sporche.

«Questo aggeggio non vuol partire» dice. E la sua voce risuona in me da un tempo dimenticato, e la sento vibrarmi dentro, nel torace, fra le costole.

«Tuo fratello son due ore che lo chiamo, mica sente». Cerco nei suoi occhi un saluto, un sorriso che non ha il coraggio di mostrarmi.

«Vai su a prendermi la tanica» dice; e tira su col naso, tossisce. Si rimette il cappello.

«Pietro» esclama.

Sono tornato.

SANDRO

Questo maledetto affare, ogni volta che mi serve non vuol partire. Devo portare su i pomodori, altrimenti qui al sole mi marciscono. Ho la camicia incollata al petto e sulla schiena. «Cristo» faccio, menando una mano al cielo. Poi lo vedo arrivare dalla via, sopra la mia testa, per la strada. E ogni passo che fa tira su un nugolo di polvere che, controluce, gli forma un alone attorno, come un'ombra di terra che lo segue. Era da asfaltare tempo fa, quella strada, già mio padre aveva fatto richiesta al comune.

Se ne viene su tranquillo, come al suo solito. Si ferma in mezzo alla strada, lo sguardo sperso davanti a lui che forse guarda le colline e gli ulivi. E poi mi dicono che non capisco. Mi ci giocherei un braccio che quello si è fermato per ammirare la luce sugli ulivi. L'avevo sempre detto che era un po' strano, fin da piccolo. Sempre imbambolato come se dormisse in piedi. E sua madre che lo proteggeva sempre. Qualche scapaccione però sono riuscito a smollarglielo a tradimento, quando sua madre non vedeva o faceva finta di non vedere. Perché un uomo deve anche lui aiutare a tirare su i figli. Però mia figlia non l'ho mai toccata, giuro su Dio che non l'ho neanche sfiorata la mia bambina. Quell'altro mica sente invece. Quello è l'opposto, sveglio e furbo, come me. Ancora peggio. Gliene ho suonate tante e guarda se si degna di rispondere. Sarà al telefono o in paese da una delle sue puttane.

«Bruno!» grido, «Bruno!». Intanto Pietro passa il cancello e scende verso di me, con quello sguardo di vetro.

Se non li porto al fresco subito, il sole se li mangia lui, i pomodori.

Pietro mi sta di fronte e gli faccio cenno di passarmi la canna. La infilo nel serbatoio per vedere se c'è benzina. Me la lasciano sempre a secco.

«Vai su a prendere la tanica» dico, e quello mi fissa imbambolato. E allora gli tiro un urlo.

Poi mi manca l'aria, tossisco. Mi appoggio alla motocarriola, mi passo una mano sulla faccia. Alzo lo sguardo. Vedo Pietro che spalanca gli occhi.

«Che mi succede» dico. E non so se riesco a pronunciare le parole perché non sento suoni, solo un lamento che mi muore fra le labbra. Dove sono? Dove sono? Mi appoggio alla motocarriola che non parte, mai una volta che parte.

I mie occhi si alzano e si abbassano ma non guardano nulla, dentro la testa immagini che non ricordo di aver visto, da un passato lontano che non ho vissuto. Sono stanco. Ho i piedi in un solco. Mio padre sorride ma non ha denti, non ha faccia, so che è mio padre ma non ha la faccia di mio padre. C'è un fuoco d'azzurro. Una mosca mi si posa sulla guancia. Corpi con maschere di legno. Dico mai una volta che parte e un uomo che ha la mia maschera mi guarda. Mi ha rubato la faccia. La mia faccia nel legno sembra legno secco morto. Una voce parla ma non voglio rispondere anche se le mie labbra si muovono e gli ulivi fanno una luce di pianto. Hanno rami che nei miei occhi si inchinano al cielo. Le parole di una voce mi ricordano il mare scuro d'inverno. I limoni sparsi per terra marciscono, hanno un colore brunastro. Ma non sono io che li raccolgo. Sulle mani ho l'odore del pane duro. Lo lancio alle bestie. Mi lascio cadere giù per la riva, la terra mi entra nelle scarpe. Mangia il tuo pane burro e zucchero. Finisci il pane burro e zucchero. Togliti le scarpe prima di entrare dice una voce che viene dal profondo e altre voci mi passano vicino alla faccia e vorrei dire un nome per ogni voce ma non c'è niente che posso fare, sono perse e senza nome in un vuoto senza nome che è come nascere di nuovo ogni secondo. Mi gira la testa e così fermo lo sguardo verso il cielo. Poi lo abbasso sull'uomo di fronte a me che mi guarda con quegli occhi da pesce, come se stessi crepando qui sulle mie zampe.

Poi vedo Bruno che scende correndo e grida «Pietro Pietro» che forse è l'uomo che mi sta di fronte, perché se c'è una cosa a questo mondo di cui sono certo ancora è che io mi chiamo Sandro.

Bruno arriva col fiatone e mi guarda storto e mi viene faccia a faccia.

«Ma che ti passa per la testa. Te ne vai in giro come se niente fosse. Io che ti certo da mezz'ora, ho chiesto a tutti, a Clara, e poi ti sento gridare» e continua su questo tono.

«Sono venuto a prendere i pomodori».

Bruno tira un calcio al secchio, imprecando.

«I pomodori» ripeto io alzando le spalle.

«Bruno non gridargli. Non vedi che è scosso, non gridargli. Non so che gli è preso...» dice Pietro. E Bruno continua a inveire e mi dà addosso e io non ce la faccio più e provo a farfugliare delle scuse. Dovevo dargliele più forti quando era piccolo. Mi prende per un braccio.

«Andiamo» dice. Così lo seguo e lascio i pomodori sotto il sole. E Pietro anche ci segue, ma a distanza, come se avesse paura di qualcosa. È mio figlio Pietro, il maggiore.

«Dove andiamo, Bruno?» chiedo. Ma lui rimane zitto.

BRUNO

Era puttana fin da piccola. Pietro la difendeva. Mamma, finché c'era, l'ha difesa e papà non ne parliamo. Neanche con un dito, non l'ha mai sfiorata, come se avesse paura di romperla, e così lei ha pensato che poteva fare quello che voleva e se io dicevo qualcosa allora era Bruno quello cattivo.

E comunque Pa' non è mai stato un santo e con qualcuno doveva pur sfogarsi dopo dodici ore di lavoro. Pietro, lui non apriva bocca e per giornate intere spariva e chi s'è visto s'è visto, nessuno sapeva dove andava e a nessuno interessava. Ma io, che restavo a casa, mi prendevo una bella dose di botte e quando si stufava con me andava da mamma. Clara non lo ricorda perché era piccola e Pietro, per lui andava sempre tutto bene, nel suo mondo, faceva finta di niente ma io vedevo e mi ricordo bene. Me lo ricordo come se ce l'avessi davanti agli occhi, mi basta guardare le mani che ora gli penzolano lungo il corpo scarno per sentirmele ancora addosso. Mani pesanti, enormi rispetto alla schiena magra e alle gambe lunghe. Mani per scavare schiacciare e stringere e spezzare, e hanno la forma di uno strumento da lavoro, di una zappa, le dita storte e deformi per la fatica, piegate verso l'interno.

Adesso sono io che ti trascino, vecchio.

«Dove andiamo, Bruno?» dice.

"Da quella cagna di tua figlia, andiamo" vorrei rispondergli. Ma mi mordo la lingua perché vedo quel poveretto di Pietro, che è appena arrivato ed è già lì per scoppiare a piangere, povero Pietro. Si aspettava di trovare la tavola apparecchiata e noi tutti sorridenti che lo aspettiamo, seduti a tavola e Clara con quel vestito rosso che la fa sembrare ancora più puttana di quello che è. Pietro, il mio fratellone. Lui è troppo sensibile, diceva la mamma. Che non so come facesse a dirlo perché anche lei appena ha potuto se n'è andata, non ci ha visto crescere. E gli schiaffoni lui non li prendeva. Se sapevo che bastava essere sensibili, a questo mondo, per non prendere botte in faccia, mi ci applicavo fin da subito.

Così, senza accorgermene, mi sono trovato con un vecchio rincoglionito, una sorella zoccola che se la fa con il bracciante negro e chissà chi altri, e io devo mandare avanti la casa, devo tenere i conti, tenere il terreno a posto che sennò chi se lo compra quando crepa il vecchio. E mi tocca pagare quel migrante africano che chissà da quale guerra civile arriva e viene qui da me a cercare lavoro, e io, che a modo mio sono sensibile come posso, glielo do il lavoro, visto che il terreno è grande e io da solo non riesco a fare tutto. E qualche mese dopo vedo quello stesso negro a cui io do da mangiare che esce da casa mia furtivo come un ladro, guardandosi attorno con quei suoi occhi bianchi e lucidi da negro, e quando entro trovo mia sorella sotto la doccia, la porta socchiusa. Così faccio due più due.

«Te lo scopi?» le ho chiesto, mentre era davanti allo specchio a farsi le sopracciglia. Era nuda e ho abbassato lo sguardo ma il suo corpo nudo mi è rimasto in testa e ho visto quel negro che la prendeva in tutti i modi e non c'ho più visto.

«Chi?».

«Te lo scopi o no?».

Lei si è voltata. È rimasta lì, davanti a me, senza coprirsi, le gambe snelle che si accavallavano e si passava un piede sull'altro, come una carezza. La guardo, ripercorrendo il corpo nudo fino al suo viso, scorrendole fra la pelle ancora bagnata. Lei alza le sopracciglia e sorride, piegando un angolo della bocca sottile, ma non risponde, rimane lì e con una mano si passa i capelli davanti, coprendosi un seno. Il bagnato della sua pelle le dà una luce diversa, più intensa e mi viene voglia di prenderla per la gola e urlarle in faccia e farle abbassare gli occhi. Sono vicinissimo ma non posso toccarla. La sua pelle lucida di sole. È inavvicinabile, chiusa in un bozzolo. Si massaggia il lobo dell'orecchio. Un silenzio la avvolge. L'ombra della mia testa le passa sugli occhi. Il suo essere nuda la fa sembrare più grande.

«Rispondi cazzo» insisto io.

«Posso mettere qualcosa addosso prima o devo stare così?» dice.

Così sento caldo sulla faccia, arrossisco e lei che mi guarda con quell'aria di superiorità, come se non capissi e non potessi capire e magari ha anche ragione. Le sbatto la porta del bagno in faccia. Esco sulla terrazza per fumare una sigaretta e solo allora sento Pa' che grida dalle serre e corro giù a vedere.

PIETRO

Cammina davanti a me, Bruno: alto e biondo, ancora più alto nel sole; la sua ombra come un tronco di pino copre l'ombra di Pa', che farfuglia frasi senza senso e parla di pomodori. Dice marciscono, lo ripete ancora. Una litania, fra le labbra, come se volesse capire il suono, come se volesse provare a sé stesso di poterlo dire. E dopo poco il suono si perde, si sfalda in un grugnito senza significato, si accorda coi suoni della calura estiva. Capisco quanto è invecchiato guardando i suoi passi incerti su per la salita, e la sua testa mi sembra così piccola e quando si leva ancora il cappello, mentre cammina, quasi inciampa e Bruno lo tira in avanti, con violenza, come se non pesasse nulla, come se fosse un sacco vuoto o un secchio d'acqua che si rovescia e perde peso a ogni passo. Il cielo grida col becco di un gabbiano. Passa sopra la mia testa. Ne vedo un pezzo, bianco, schizza nel vuoto, si spegne nella luce.

La casa sempre più vicina; i rami degli alberi gonfi di foglie sono piegati nel calore, hanno croste di resina e polvere. A ogni scossa di vento lasciano passare un fiotto di luce. Ma la terra si capisce che è secca dall'odore che emana, di cenere e pietra. Ascolto i grilli che spariscono nell'erba. Le cicale nell'ombra succhiano la linfa dalle cortecce: il cortile, e in piedi in mezzo al cortile c'è Clara, abbronzata, e sorride con i capelli neri e folti che le cadono sulle spalle sottili; porta un vestito leggero, che ricorda quelli che metteva da bambina

perché Bruno non ci vuole bene? sembra sempre arrabbiato e certo che se fa così Pa' gliele suona certo è da quando se n'è andata la mamma che fa così ma la mamma lei ce ne voleva bene? se è andata via vuol dire che non ce ne voleva abbastanza le persone vanno e vengono vanno e vengono ma la mamma dovrebbe essere sempre qui a legarmi i capelli e dirmi di tirarmi su le maniche sennò le pucci nel piatto dov'è la mamma Pietro? dov'è la mamma? Pietro Pietro tu sei il più grande vai a prendere mamma e portala indietro riportala qui da noi tu sei il più grande Pietro

Mi fa un cenno di saluto con la mano. È una donna ormai; i capelli neri arricciati in ciocche sulle spalle. Gli occhi scuri. Il vestito le si incolla al corpo e disegna la forma dei seni.

«È cambiato il vento» dice Pa'.

Bruno si ferma. «Era in giro da solo» dice.

Clara lo guarda, poi guarda Pa' e mi sembra che gli sorrida.

«È cambiato il vento» dice Pa'.

«Io così non ce la faccio» dice Bruno e tira un calcio alla ghiaia con un rumore rotto, un singhiozzo. Dal cortile interno esce un ragazzo di colore: tiene fra le braccia muscolose due cassette di legno, di quelle da mercato, impilate una sull'altra, piene di prugne bianche e rosse.

«Dov'eri?» gli chiede Bruno.

Quello si ferma. Ha un bel viso, coi tratti decisi che sembra una maschera e i capelli legati a trecce. «Avevo dimenticato di prendere queste dalle fasce di là» risponde, e ha una voce profonda, scura. Vedo che lui e Clara si scambiano uno sguardo.

«È cambiato il vento» dice Pa', «il mare adesso si alza parecchio, sento già il sale sulle labbra».

«Io scendo in paese» dice Bruno. «Tu, vai a prendere i pomodori giù alle serre» dice, rivolto al ragazzo di colore.

Quello non risponde.

«Smettila di fare lo spaccone» dice Clara.

Bruno le va incontro di botto e vedo che alza una mano per tirarle uno schiaffo. Poi si ferma, la mano a mezz'aria che ricade e gli rimane ferma lungo il fianco. Sputa per terra. Il cuore mi batte forte in petto. Scosta Clara brutalmente, con uno spintone; sale in macchina sbattendo la portiera. Sento le gomme rigirarsi fra la ghiaia. Clara si sposta. La macchina parte sgommando, giù per la strada; scompare dietro la curva. "Bruno" vorrei dire. Ma la macchina è già oltre la curva. Sono tornato.

«Viene mare grosso di sicuro» dice Pa'. Clara si avvicina a me e mi abbraccia. Sento il suo petto sussultare contro il mio. Fa caldo e la macchina sgommando ha alzato una nuvola di polvere. Le cicale graffiano l'aria. Il ragazzo di colore è scomparso. Sbatto le palpebre. Il tempo sembra fermarsi, solo qualche istante. Vedo le cicale sfregare le ali. Un frammento di luce perdersi nell'ombra sottile di un ramo. Un fruscio sotterraneo, d'erba e violenze invisibili. Il mio corpo e quello di Clara, dall'alto, devono avere una forma vegetale, ramificata. Il suo cuore mi batte contro le costole. Affondiamo lentamente nel terreno.

Le passo una mano fra i capelli e la tengo stretta, come per non farla scappare. Con il suo corpo fra le braccia chiudo gli occhi.

Un'altra sera d'estate. A ponente il sole già sfiorava il profilo tagliente del crinale. Il mare si rivoltava infiammandosi d'ombre. La costa bucata da punte di luce fin sui promontori.

Pa' aveva detto «Potete uscire un po' a giocare».

Odore d'erba secca. Un cielo magro sfiancato dal lungo tramonto.

«Corri Pietro, corri» diceva Clara, e le ombre si stendevano nella valle, s'insinuavano fra i rami, ristagnavano nel bosco fra i fitti alberi e i cespugli, giù, verso il limite estremo del terreno, dove c'era il ruscello.

Crinali orlati di buio. Assembramenti di roccia, scure costruzioni minerali sospese nel vuoto. In mare i fari dei cargo e le lampare, al largo.

«Mettiamoci qui... fermo. Non respirare così forte».

I pini, alti sulle creste, incisi nel cielo dall'ultima luce.

«Vi ho trovato, vi ho trovato» canticchia Bruno. «Tappo Clara tappo Pietro».

«Non ci avevi visto».

«Sì che vi ho visto; dietro la macchina, eravate dietro la macchina».

«Sei un bugiardo».

«Fai così perché non vuoi contare. Tocca a te contare».

Clara non voleva contare perché ormai era buio e non voleva stare sola.

«Pietro, dille che ora tocca a lei. Tocca a te, ora».

Mi allontanai. Arrivai fino alle scale. La porta di casa era chiusa. Vedevo attraverso il vetro della porta: c'era Pa', in piedi, che agitava le sue lunghe braccia magre e muoveva la testa, camminava avanti e indietro. Faceva di no con la testa. Spalancava le braccia.

Mamma era seduta al tavolo e con le mani si toccava la faccia. Vedevo le sue spalle che tremavano. Fuori si sentiva il gracidare delle rane. Stendevano le zampe nella fanghiglia del ruscello. Rimanevano con la testa a filo dell'acqua, gli occhi sporgenti, nascoste, aspettando gli insetti. Si muovevano a fatica fino al sottobosco, quasi strisciando nell'erba.

La voce di Pa' arrivava distante, raggrinzita, una voce di un brutto sogno. La faccia della mamma sembrava scavarsi sempre di più, si ritirava all'interno, in un silenzio assoluto, una faccia senza occhi e naso e labbra, inespressiva, cucita in un dolore senza suoni. Anche mamma aveva la testa a filo d'acqua, tratteneva il fiato.

«Adesso conti» diceva Bruno.

Clara piangeva e il suono del suo pianto si sovrapponeva, nel buio, ai fremiti di mamma seduta al tavolo; e quindi io sentivo mamma piangere in Clara e Clara era il suo strumento per rompere il buio in singhiozzi. E ogni buio un colore e un peso nello spazio. Si attraevano e si respingevano, formavano scheletri notturni, contorti, attorno a noi e sulle nostre teste. Formazioni cave. Al loro interno il pianto rimbombava fino a diventare un grido. Solo allora si sfaldavano, per trovare nuove forme e congiunzioni.

La vidi alzarsi e andare incontro a Pa', che era girato di spalle. Lei allungò una mano, e le sue labbra si mossero per dire qualcosa di inascoltabile.

«Pietro, Bruno alza le mani, alza le mani».

I miei genitori nella cornice della porta, come uno schermo sulla casa che ora non era più bianca, ma nera, confondendosi con le rive delle colline e la terra e l'odore della notte.

Pa' si volta e le tira uno schiaffo. Mamma si piega su sé stessa. Sento il ciocco che rimbalza fino a me, e anche io mi piego. Mamma seduta sul pavimento. Pa' si allontana; sale le scale, scompare.

«Voglio andare a casa» dice Clara.

«Devi contare» dice Bruno.

Sono vicino a loro. «Facciamo ancora qualche partita, finché non ci chiamano» dico. La voce ferita da quello schiaffo.

«Conto io con te, Clara».

«Ma così non vale» fa Bruno.

Comincio a contare.

CLARA

Sono così stanca di sopportare tutto questo. Mi sembra di non essermi mai spostata di qui, di non essere mai cresciuta; sono come un albero, le mie dita si stendono in cerca di luce, ho radici che rompono il cemento e si gonfiano d'acqua. Diventa sempre più difficile muoversi. Foglie mi crescono lungo le ciglia, negli occhi, e la mia gola è cosparsa di gemme e boccioli, mi fioriscono in bocca e la mia voce rimane incastrata fra i petali. Sopra di me una spessa cupola di fronde mi oscura la vista e la bocca non riesce a riempirsi d'aria; mi sembra di soffocare e le radici si spingono ancora più a fondo. Desidero l'aria nuda sulla pelle e intanto mi riempio di terra e mi aggroviglio al suolo. Il terrore di essere spazzata via. Rimango nella tenebra, da uno spiraglio osservo il movimento degli astri, il precipitare del sole di cielo in cielo, in una quiete perversa.

Tutte le mattine mi sveglio e vado dai miei bambini. Tutte le mattine mi dicono ciao maestra e aspettano che io dica qualcosa. Devo punirli e consolarli e insegnargli a essere giusti. I genitori vogliono dei figli giusti per poi dire ecco, mio figlio è una persona buona e giusta e sa stare al mondo. Ma non c'è un modo giusto per stare al mondo. La verità è che manca l'aria e presto tutti si getteranno verso il basso, a scavare con le unghie, verso il basso, per avere un buco e poter dire questo e il mio buco, la mia aria, il mio sottosuolo. E lì farà buio e freddo. Bisognerà insegnargli a essere radici. A respirare terra. Allora mi dico: Clara, sei una bugiarda; insegnagli a guardare il buio, perché è nel buio che vivranno. Cunicoli e sotterranei. Berranno l'acqua che filtra dal terreno, gocciolando. Occhi chiusi, una solitudine violenta. Siamo tutti radici alla fine. Siamo fatti per stare nascosti, nel silenzio. Avanziamo a fatica fra sedimenti e antichi fossili e strati di sabbia depositati nei secoli ma abbiamo gli occhi chiusi, non vediamo nulla dell'eternità che ci circonda. Siamo troppo impegnati a cercare l'acqua. Non c'è che questo. Trovare un po' d'acqua e sopravvivere per ricominciare ancora. La mostruosa indifferenza con cui andiamo avanti, imperterriti, senza alcuna pietà, senza rimorsi. Perché alla fine ci importa solo di ricevere il battesimo sulla fronte, e vivere fino a quando ci è concesso, vivere fino a quando tocchiamo il fondo, e allora ci sono gelo e fiamme, la disperazione, tutta la fatica della ricerca che in quel momento ci schiaccia. Allora, con lo sguardo ormai capace, nel buio, distinguiamo la nostra creazione. Una gigantesca fossa comune, un abisso di corpi e ossa.

Eppure se mi avesse colpito, se mi avesse colpito forte, sono sicura che mi sarei svegliata. Mi avrebbe riesumato, finalmente. Fai qualcosa per me, fai qualcosa. Lo so che mi odi. Ma non hai il coraggio di toccarmi. Nessuno può toccarmi veramente. Continuerò a torturati fino a quando non mi strapperai dal suolo, voglio che mi prendi per i capelli e mi sradichi, voglio torturarti fino a quando non sentirò le tue mani sul mio corpo, prendimi e tirami via dalla fossa, trascina il mio corpo, quello che resta di me in superficie e bruciami, spargi le mie ceneri in mare. E sarei andata via, così, lasciandoli tutti lì a guardare e Pietro avrebbe capito, perché lui non dice nulla ma capisce, e questo è l'importante.

Invece non ha avuto il coraggio e mi ha lasciata immobile, radicata in me stessa, sempre più irraggiungibile. Ho pianto.

Non sono una puttana. Sentirli dentro di me è l'unico modo per scuotermi la terra di dosso. Me la sento sulla pelle; mi si appiccica in gola. Non li guardo in faccia, mi serve solo averli dentro per esplorare il vuoto, me li tiro dentro e li lascio lì il più a lungo possibile, riesco a sentire la mia carne solo se è presa dalle loro mani e a volte vorrei che mi toccassero tutti insieme per non avere neanche un lembo di pelle vuoto, tutte le loro mani che mi graffiano e mi stringono sono le mani che io vorrei avere per graffiarmi e stringermi e invece non ne sono capace. Sono paralizzata. Un angelo di sale, scolpito dal fiato marino. Godo solo sentendo il calore di un corpo vivo. Godo perché respiro nel loro respiro.

Poi è arrivato lui. Non ero mai stata con un uomo di colore prima. Bruno l'ha preso per aiutare Pa', che ormai non riesce più a fare molto ridotto com'è. Mi faceva paura il suo sguardo, e fin da subito, quando i suoi occhi mi seguivano, ho capito che non mi avrebbero più lasciato.

Non è gentile. A me non piacciono gentili. Ha le mani ruvide e mi stringe i polsi e il collo. È riuscito a arrivare fino in fondo. Nessuno era mai arrivato fino in fondo, con me. Ma lui ha un odore di sangue e fatica e mi ha preso senza prima chiedere il permesso. Mi ha preso e basta, schiacciandomi nella terra. E mi ha fatto godere. Il suo corpo preme contro il mio con una foga d'omicidio e sento sangue e per poco il dolore scompare; solo per poco. Ma non è stato solo una volta. È tornato. Ha sentito il vuoto che mi scava dentro ed è tornato ugualmente. Non prova pietà per me. Forse non prova nulla. Eppure mi fa stare bene sapere che quando vuole sono sua. In qualunque momento. Così sono leggera, sa come toccarmi, con forza, non deve chiedere. Mi abbandono e basta, senza pensare. Rimango sospesa. Gli passo la lingua sulla cicatrice. Mi prende un seno con la mano e nella sua mano rimane tutto di me, tutto quello che sono e che ero rimane nel palmo della sua mano. Non sono che questo. Un unico enorme seno nel palmo della sua mano.

BRUNO

Non mi rispettano. Per loro sono uno stupido. Quello è appena arrivato e già si schiera dalla sua parte. Loro da una parte e io da solo. Non vuole sentire quello che ho da dire. Bruno è il cattivo. Anche dopo quello che abbiamo passato. Lui ha sempre cercato di dimenticare, con quello sguardo fuori dal mondo che ti passa da parte a parte, come se fossi un ostacolo fra lui e qualcosa che sta seguendo. Me lo sento passare attraverso. Io mi ricordo come mi guardava. Non riusciva a dire niente. Da quel giorno è come scomparso per me, come se non volesse vedermi, come se al solo vedermi gli ricordassi quello che avevamo fatto. Ma io non volevo dimenticare, non voglio. Non posso dimenticare.

Mai una parola di conforto. E quando provavo a parlarne, a dirgli qualcosa, lui mi fissava coi suoi occhi vuoti. Pensavo che almeno quello ci avrebbe uniti, che in quel segreto ci saremmo trovati, finalmente.

Lui, mio fratello maggiore. Uniti nel sangue. Ma non è stato così. Mi ha lasciato con quello che avevo fatto e pensavo di averlo deluso, in qualche modo. Pensavo non mi parla perché ho fatto qualcosa che l'ha offeso. E invece era solo lui che non capiva, non ero io a non capire ma lui, che già pensava a come andare via, a come lasciarci, per essere il primo. Perché tutti lo dicevamo ma nessuno faceva mai niente, nessuno aveva il coraggio di lasciare gli altri da soli. Perché il primo che se ne andava condannava tutti gli altri a restare.

E ogni volta che incrociavo il suo sguardo mi sfuggiva. Lui aveva lanciato la pietra. Lui per primo si era sporcato di sangue. Ma quello respirava ancora, e il suo respiro era un rantolio, un sibilo che mi entrava nelle orecchie e mi sfibrava dentro. Un suono rauco, sfiancante, che sembrava smettere ma non smetteva mai, ricominciava, e ogni volta sempre con più fatica. Quel suono mi rimaneva nei polmoni e avevo la sensazione di doverlo imitare. Non riuscivo a riempire i polmoni di aria. Non potevo più sentirlo. Avrebbe dovuto farlo lui, ma non ne aveva il coraggio.

Da quel giorno quando i suoi occhi incontravano i miei lo vedevo vacillare. Quando stavo male e non riuscivo a dormire lo chiamavo e lui non rispondeva, ma sentivo che era sveglio, si rigirava nelle coperte. Come se nei miei occhi vedesse riflessa la fossa e dentro la fossa... dopo quello non è più stato lo stesso. Ha deciso di dimenticarsi di me e così è come se mi avesse lasciato lì, nella fossa, insieme a quello che avevamo fatto. Ha deciso di seppellirmi vivo, la fossa che vedeva nei miei occhi è diventata anche la mia fossa, mentre cercavo il suo perdono. Ha fatto dei miei occhi una tomba e mi ci ha lasciato sepolto dentro, con il sangue e la rabbia che ho provato dopo, quando mi sono accorto di essere solo.

È un debole, lo è sempre stato. Se solo sapesse di Clara. Di quello che si dice in paese. Se continua così perderà il lavoro. Se i genitori sapessero a chi lasciano i figli, a quanto lei è sporca. Ma vedranno, vedranno. E come quel negro mi ha fissato, senza preoccuparsi di nascondere il disprezzo. Chissà quella, cosa gli ha detto di me. Ma io so cosa sono. Io non mi lascio mancare di rispetto in casa mia. Non sanno che cosa si prova. Non sanno nulla.

«Ma tua sorella li fa i pompini?» disse uno.

«Certo» disse l'altro.

«Ho sentito che si è scopata il ritardato».

«Be' l'uccello ce l'hanno anche loro».

«Gliel'ha succhiato o no?».

Mi toccavano la spalla. Ridevano.

E io seduto davanti. Le loro risate alle mie spalle e i miei compagni seduti che non dicevano niente. Nessuno diceva niente. Il professore davanti parlava e parlava, ma non diceva niente. E io seduto. La loro risata alle mie spalle. Provavo a girarmi per rispondere e il professore mi faceva cenno di stare fermo. Mi avevano aperto la schiena come su un tavolo operatorio, mi guardavano dentro, gli organi, e sugli organi la loro risata come un ago lasciava un segno, cuciva le parole che a bassa voce mi dicevano all'orecchio, stando attenti a non far uscire sangue per non far vedere il dolore che prendeva forma. Così nessuno poteva dire niente perché se non c'è sangue il dolore non esiste. Senza sangue il dolore è un cancro, rimane inabissato, si espande, cresce in te come un parassita, non ha corpo perché prende la forma del tuo didentro e non esce fuori di te, non macchia e non ha odore. Si scava una tana, cresce, poi comincia a masticare dall'interno.

«È una puttana» mi sussurravano all'orecchio. E io fermo. Sentivo caldo nella testa e il professore mi fissava dicendo fermo con gli occhi. Mi volto lanciando la sedia. Il professore grida qualcosa che non sento. Mi lancio addosso al primo che mi capita sotto le mani.

I compagni ci formano un vuoto attorno. Lo butto giù dalla sedia e lui sbatte la testa per terra, sul pavimento. Poi comincio a colpirlo sul cranio, col pugno, ma forte. E picchio, picchio fino a che la mano mi fa male e vedo il sangue che sporca il pavimento. E penso che finalmente il dolore si vede, è lì che cola sul pavimento, me lo sono strappato via dalle viscere e l'ho lanciato sul pavimento, il dolore. Si contorce. Una poltiglia cieca e strisciante, con un becco adunco, una poltiglia con le orbite vuote che si dibatte sul pavimento in cerca di carne da dilaniare. Allora mi volto, non voglio più guardare. Col piede inciampo nel ragazzo steso a terra. Qualcuno grida fermo basta. Mi siedo sul suo sterno, faccio fatica a alzare le braccia ma colpisco ancora, senza vedere cosa sto colpendo. Poi qualcuno mi solleva di peso. Ho gli occhi sbarrati, il cuore nelle tempie. Tumtumtum. E mi manca il respiro. «Puttana» dicevano. «È una puttana».

Fui sospeso da scuola e dovetti ripetere l'anno. Il ragazzo aveva la mascella slogata, il naso rotto, il sangue gli copriva la faccia. Lo portarono in ospedale.

I suoi genitori volevano denunciarmi. Alla fine lasciarono perdere. Parlarono con mio padre e lui li convinse, promise di punirmi lui. Me le suonò di santa ragione. «Perché l'hai fatto, perché l'hai fatto?» ripeteva con le lacrime agli occhi. Anche lui un debole. Non spiegai mai perché l'avevo fatto.

PIETRO

Mamma uscì sulla terrazza a chiamarci. Nel buio la luna passò sul suo viso; gli ulivi erano pozze d'ombra, sulle rive, e luce argentata scivolava fra ciglioni di roccia fino al mare. La sua voce impregnata di luna. Chiamai Clara e Bruno. Bruno teneva il broncio. Quando mamma lo vide lo prese fra le braccia. «Lasciami mamma, lasciami!» diceva lui, e mamma gli faceva il solletico e così la risata di Bruno risuonò nel silenzio della notte limpida fra il gracidare di rane nella vasca dell'acqua e l'ululato di un cane e i grilli sibilanti fra gli steli d'erba. «A letto ora, forza».

La sua ombra di fianco al mio letto. Le sue dita sulla mia nuca. La sua ombra che muove verso la porta. Fa cenno di seguirla e io mi alzo per raggiungerla; passando davanti alla finestra una brezza leggera mi avvolge. Tutto tace e in casa si sente solo il respiro di corpi nel sonno. Poi la sua voce mi dispiace ma non posso restare sono sola qui mi sento persa mi sento sempre così stanca e poi c'è freddo nel letto con tuo padre ho freddo ma è qualcosa che tu non puoi ancora capire forse la capirai dopo quando sarai uomo ma ora posso solo dirti che tremo già quando mi sveglio e mentre metto le scarpe per uscire a fare la spesa le mie mani tremano e tutti mi guardano dritto negli occhi sempre e sanno che sono sola così trovano il coraggio di guardarmi negli occhi e mi vedono tremante e sola nel letto nuda tuo padre lui è l'unico che non mi guarda non ha il coraggio perché ha paura di me dei miei occhi ha paura di parlare con me ha paura anche della sua ombra preferisce rimanere nella terra esce per i campi la mattina presto torna la sera dorme e la mattina dopo ancora nei campi e il caldo e i moscerini che ti entrano nel naso mentre stai chinata sulla terra pensavo non ci fosse modo di scappare ero lì che guardavo il fumo alzarsi dall'erba secca che avevamo bruciato e il fumo si alzava nella luce e mi sono guardata le mani tutte spellate le dita piegate dal lavoro la terra sotto le unghie e mi sono vista riflessa in quel fumo ero io che salivo nella luce e poi sparivo anch'io bruciata come erba secca ho deciso di andare non volevo dirlo a nessuno ma ho pensato devo salutare il mio bambino lui può capire lui può spiegare agli altri il mio piccolo non è colpa vostra volevo parlare con te perché sei il più grande e di solito capisci dimmi che capisci non posso restare ma voi non c'entrate sono io non sono una buona madre lo so ma dio se c'ho provato lui lo sa che c'ho provato tu lo sai che non credo in dio ma lui sa che c'ho provato davvero ma questa non sono io così sono erba secca che brucia e questo non lo può cambiare nessuno neanche voi che siete i miei bambini hanno sempre parlato male di me in paese io qui non ho nessuno non ho amici capisci Pietro tu capisci vero lo so che questo ti causerà tanto dolore a te e agli altri ma non posso più vivere qui non lo sopporterei Pietro dì qualcosa non stare lì fermo parlami Pietro così mi fai morire ti voglio bene bambino mio saluta i tuoi fratelli per me e occupati di loro sei il più grande quella sera me lo ricordo ancora quella sera che ero triste e mi stavo stendendo poi mi sono seduta sulla sedia ero ferma sulla sedia con gli occhi bassi e ho sentito i tuoi passi eri piccolo tu non lo ricordi ho sentito i tuoi passetti e mi sei venuto vicino poi mi hai scostato i capelli la tua mano era piccola e allora hai preso la ciocca con due mani e me l'hai levata dal viso poi mi hai messo la mano sotto il mento e mi hai alzato la faccia verso di te e mi hai guardato tutto serio ma non hai detto una parola e allora io ho solo detto mamma è un po' triste e tu mi hai dato un bacio sulla bocca un bacio umido sulla bocca e poi sei corso via e mi hai lasciato lì seduta col tuo bacio fra le labbra ora vado via così con il tuo bacio fra le labbra

Così la mattina mi sono svegliato e sapevo che lei non c'era.

«Dov'è la mamma?» diceva Clara.

«Dov'è la mamma?» diceva Bruno. E io guardavo Pa'. Si era alzato la mattina presto. Avevo sentito i suoi passi disperati che vagavano avanti e indietro per la casa e poi era uscito per i campi e poi ancora per la casa ma i suoi vestiti non c'erano più ormai. Quando non ho più sentito i suoi passi mi sono alzato. L'ho trovato in camera, seduto sul bordo del letto. C'era ancora il cuscino di lei accartocciato, dall'altro lato. Pa' immobile, le braccia lungo i fianchi, il viso stanco, terreo, le labbra leggermente dischiuse in un'espressione di muto dolore. Alle mie spalle Clara si avvicinava. Pa' volse i suoi occhi spenti verso di me come pregandomi di fare qualcosa, come se dicesse "Sei il più grande, fai qualcosa".

Chiusi la porta.

«È lì Pa'?».

«Sì».

«Sta bene?».

«Sì».

«Dov'è mamma?».

«Andiamo a fare colazione, vieni».

MARIA

«Sono io» ha detto. E l'ho sentito salire le scale come l'aveva sempre salite, con i passi che erano un mormorare lento e costante. Poi ho visto il suo viso: i capelli neri e il mio nome nelle sue labbra. Mi ha guardato e ha sorriso, piegando la bocca da un lato, nel suo modo stanco; il suo sorriso una ferita aperta sul vuoto. Ho sentito il suo sguardo attraversare quel vuoto per raggiungermi. Come se non mi riconoscesse. Voleva ritrovare qualcosa che aveva depositato in me prima di partire, sicuro di poterla trovare al suo ritorno. E quando ha capito che io me l'ero raschiata via con la forza, quando ha capito che sulla mia pelle non c'era traccia del suo passaggio, ha abbassato la testa. Si è fermato di fronte a me e ha allungato una mano, sfiorandomi la guancia, come faceva sempre; il palmo umido; il suo gesto sempre uguale, ogni suo movimento composto, quasi l'avesse pensato e ripensato nella testa prima di farlo e così riusciva a dare l'impressione di poter controllare tutto e invece la realtà era stata dura con lui, l'ho letto nei suoi occhi. Ogni suo gesto proveniva da una dimensione in cui il tempo si era fermato. C'eravamo solo noi due, stesi a toccarci e il corpo di uno apparteneva all'altro. Ha capito che ho capito. Il suo sguardo fermo sulla soglia, come se potesse vedere i segni del suo passaggio. I suoi piedi che varcavano la soglia e il mio corpo nudo, tutto riflesso in quella porzione di pavimento su cui i suoi occhi si erano fermati imprigionati in un non-tempo che lui aveva il potere di rivivere infinite volte. I nostri corpi nel sudore allacciati l'uno all'altro. La sua bocca nella mia bocca. Aveva intagliato i nostri corpi passati nel vuoto, li aveva smembrati e ricostruiti così tante volte nella sua mente che di noi non era rimasto più nulla. Si trascinava dietro queste carcasse vagamente familiari, e le contemplava, in solitudine.

«Come sta Enrico?» è riuscito a dire.

«Sta bene» ho risposto. «Sta bene».

Silenzio. Metteva le mani nelle tasche. Toglieva le mani dalle tasche.

«Gli ho preso una badante, adesso è in giro a fare due passi con lei. Per digerire...». E parlavo senza riuscire a fermarmi per paura del silenzio fra noi; per paura che se ne potesse andare, in un soffio, così com'era venuto, nel sole. Il nostro bambino, pensavo. Il bambino. Ma dicevo che «Io sto bene. Tu come stai? Ho saputo di tuo padre. Mi dispiace...» e così via, e sapevo che le parole cadevano morte lì, ai suoi piedi, e si accumulavano sempre più, una catasta di parole impilate una sull'altra che si alzava fino al soffitto. Volevo riempire in qualche modo quella ferita che col suo sorriso aveva aperto. Lasciavo cadere tutto quello che potevo ai suoi piedi per non vederlo più sanguinare davanti a me, le mie parole sanguinavano al posto suo, la mia voce che sapeva di massacro. Non c'era modo di fermarmi. Lui non sorrideva più, ora. Volevo mostrargli anche io il mio cimitero. Ma in lui la morte si risolveva sempre in eternità e gloria mentre in me puzzava di fango e disperazione. Stai zitta, mi dicevo, zitta. Ma lui era già distante e irraggiungibile.

«Bene» ha detto poi. Mi ha guardato, dentro gli occhi, e ho sentito quel calore in mezzo alle gambe.

«Maria» ha chiamato Bruno dall'altra stanza. «Che fai?».

Negli occhi di Pietro mi vedevo riflessa come in uno specchio rotto.

«Devo andare» ha detto. Si è voltato. È scomparso giù per le scale.

«Chi era?» ha detto Bruno. Ora era alle mie spalle.

«Avevano sbagliato» ho risposto.

Lui mi ha afferrato il braccio e la sua mano sulla pelle bruciava.

«Vieni» ha detto.

Il nostro bambino, ho pensato. «Arrivo» ho detto, e ho chiuso la porta.

CLARA

«Ho dimenticato il pollo» dico. Pietro mi guarda. Si gratta la barba. «L'avevo ordinato al mercato e mi sono dimenticata di andare giù a prenderlo».

Il viso di Pietro si contrae, corruga la fronte, come stesse pensando a cosa fare ma senza riuscire a decidersi.

«Non mi piace il pollo» dice Pa'.

Pietro guarda fuori dalla porta. Rive sfigurate dal sole. Brandelli di roccia, tronchi, lingue di schiuma.

«Aveva ragione Pa'» dice. «Il mare s'increspa, c'è vento da sud... domani sarà grosso». Si gratta ancora la barba.

«Il pollo non m'è mai piaciuto» fa Pa' con voce lamentosa. «Il petto di pollo poi, non ne parliamo... ti rimane in gola se non ci bevi dietro un po' di vino».

Pietro lo guarda. Per un secondo credo pianga, poi torna a guardare fuori.

«Vado io a prenderlo» dice.

«Cosa?».

«Il pollo. Vado io a prenderlo». E sembra che dirlo gli costi una fatica sovrumana, che ogni parola pronunciata se la sia estirpata a forza dal ventre.

«Sicuro? Sei appena tornato e già questo casino e... magari vuoi riposare» dico.

«Mio padre me lo faceva mangiare a forza e mi mollava di quei ceffoni...» dice Pa'.

Pietro è già fuori. Gli spiego dove andare.

«Che ore sono? La mezza. Dovrebbe essere ancora aperto. Se è già chiuso non ti preoccupare, nel caso ci facciamo una pasta».

Lo seguo con gli occhi fino alla curva e scompare.

Non torna più, penso.

«Mi fa schifo il pollo. Dio quanto mi fa schifo» mormora Pa'.

SANDRO

E quello se ne va. Come al solito. E quando c'è da lavorare mai una volta che si trova. Avrei dovuto suonargliele quando era piccolo. In fondo è sempre stato il più sveglio. L'altro con quegli occhi vuoti da pesce. Mai una parola, niente. Ma i figli uno non li sceglie, arrivano e basta e bisogna tenerseli e anche volergli bene. Uno non si immagina quanto sia faticoso voler bene a un figlio se prima non c'è passato. E poi non è detto che diano soddisfazioni. Ma i figli sono figli, non c'è niente da fare. Si fatica per loro, per nutrirli, per educarli. E Dio sa che io non mi sono mai risparmiato. Quelli crescono e gli è tutto dovuto. Tu magari non li riconosci neanche più. Certe volte ti sembra di avere un estraneo a casa. Provi a raddrizzarli, magari ci devi litigare. Ma alla fine uno è com'è, non si può fare più di tanto. Non gli ho mai fatto mancare niente, certo quello che volevano se lo dovevano sudare. Bisogna farli faticare già da piccoli così si abituano.

Altrimenti nella vita non si ottiene niente. Ho cominciato a lavorare nei campi quando ero un ragazzino. Mio padre mi tirava giù dal letto prima dell'alba. Faceva un freddo cane e ti prendevi i geloni ai piedi. Ma non mi sono mai lamentato, neanche una volta. E se mi dicevano papà me lo compri questo papà me lo compri quello io rispondevo te lo devi guadagnare. Tu ci metti del tempo a tirarli su e quelli crescono e poi se ne vanno e chi s'è visto s'è visto. Non esisti più per loro, ti cancellano e con te cancellano quello che hai fatto per loro. Appena respirano un po' di libertà si dimenticano di te in un secondo, ti lasciano da solo senza pensarci troppo. Ogni tanto vengono a trovarti, quando gli servono soldi o un favore, allora ti chiamano. Io non ho niente da rimproverarmi, quello che dovevo fare l'ho fatto. Loro di certo non ringraziano. Allora dopo tutti i sacrifici e la fatica ti rimangono i geloni ai piedi e la terra da coltivare. Quella non ti abbandona. Solo, quando non la sentirò più sotto ai piedi, vuol dire che ce l'avrò sopra.

Si sente già il sale nell'aria. Aria di mare. Quella che raschia le rocce. È una terra dura. Sale che cade sulle colline, si posa fra gli alberi. E nell'aria li scava, li rode, li mangia. È una terra di ossa, di scheletri. I muretti a secco che ho fatto, quelli saranno l'unica cosa che resterà quando sarò morto. È una terra dura. Mio padre e suo padre prima di lui l'hanno scolpita col sudore e i calli nelle mani. Schiene piegate. Anche la guerra è rimasta lontana da queste scogliere. Mio padre raccontava di corpi nelle insenature, cadaveri negli strapiombi, giù dai dirupi. Ma sangue non ne ha mai visto. È una terra che il suo sangue lo nasconde, lo lavano i frangenti, il vento, rimane raggrumato all'ombra dei crepacci.

Rovesciare le zolle a suon di zappa. E le macchine agricole qui servono a poco. Non siamo in pianura. È una terra che vuole sentire le braccia, altrimenti si cicatrizza. Il sale la indurisce. Tutti i giorni deve essere smossa, rigirata, bagnata, soprattutto d'estate. Altrimenti si mangia da sola. È una terra vorace. Scavando si trovano ancora fossili antichi di quando le onde ingoiavano anche i picchi più alti. C'è odore di abisso e vertigine. Il sangue si accumula tutto nel sottosuolo, scorre nelle cavità, ristagna in camere di tenebra. Ci sono vene e arterie e un cuore che pompa. Ma batte all'interno di uno scheletro privo di carne, già spolpato dalle piogge, dal vento pesante di salsedine. Una salma di roccia.

Questi mi vogliono dare il pollo per pranzo. Gliel'ho detto che mi fa schifo ma mica ascoltano. Guarda te se uno manco a casa sua può mangiare quello che vuole. Non li ho mai sopportati i polli, sono bestie sporche, crudeli. Battono le ali e fanno un baccano d'inferno. Se vedono del sangue o ne sentono l'odore vengono presi dalla frenesia, si beccano l'uno con l'altro fino a farsi uscire le interiora. Da piccolo una volta ne ho visto uno che vagava per i campi col collo girato, aveva il collo che gli pendeva su un fianco e strisciava per terra. Dal becco gli usciva un suono strozzato, mostruoso. Non moriva, si limitava a zampettare in tondo col collo rotto, barcollando. Poi è arrivato mio padre. L'ha preso e mi ha detto non devi girarglielo il collo, lo devi tirare, così, e ha dato uno strattone. Poi me l'ha lasciato in mano, strappagli le penne, ha detto.

Quando sarò morto rimarranno solo i muretti. Il resto è polvere e ulivi. Morirò con i calli alle mani, nella tomba, sotto la mia terra, coi calli alle mani e un odore di sale e alghe dentro la cassa di legno. Nelle orecchie il rumore delle onde sarà sempre più vicino. Aspetterò nel mio bozzolo di terra. Non rimarrò sepolto per sempre. Lei è andata via come andranno via tutti, alla fine. Ma da qualche parte poi, al largo, sul fondale, ritroverò tutti quelli che si sono persi e che si perderanno. E quando la corrente si sarà placata e ci sarà silenzio il mare si aprirà con uno squarcio. In una catastrofe di luce e potenza apriremo gli occhi un'ultima volta, sospesi in aria, a miliardi, per assistere al miracolo. Anche le cicale rimarranno mute nel delirio.

«Io quel cazzo di pollo non lo mangio» dico.

ENRICO

«Non mangiare la terra» dice mamma. Poi piange quando papà sbatte le porte e tira i pugni sul tavolo forte, che il tavolo e i piatti sobbalzano e le posate tintinnano con un rumore acuto come quello degli uccelli nel bosco che si chiamano.

«Li senti?» dice Maria. «Li senti?».

E io faccio sì con la testa così lei capisce e va avanti a parlare con quella sua bella voce d'acqua calma, non come mamma che grida sempre piangendo.

«Mi doveva capitare scemo» dice, «un figlio scemo, come se non ne avessi abbastanza, di casini a cui pensare».

E poi Maria mi prende la mano e io gliela tengo stretta perché lei mi dice sempre che gli uccelli fanno così perché vogliono gridare alle onde nella voce delle onde anche se nessuno risponde mai perché nessuno capisce, ma gli uccelli fanno dire alle onde quello che solo le onde sanno, e hanno nel becco un loro dire parole che s'infrangono controvento. Io e lei siamo due uccelli e ci cerchiamo e io faccio un verso con la bocca e lei capisce che voglio andare a fare una passeggiata e mi porta su, verso la grande montagna che osserva, fra gli ulivi con le braccia magre tese a prendere fiori di metallo. E quando viene grigio l'aria sa di terra e allora piove, piove su tutto, fra i rovi, nei cespugli, sulla schiena tesa del mare e le piccole cose e le grandi cose, tutto è pioggia, anche Maria che mi guarda e ride. «Sei fradicio» dice. E la pioggia si ferma sui suoi capelli e io cerco di toglierla ma torna sempre. Non si può cancellare la pioggia. Io sono pioggia quando piove e mi appoggio agli steli d'erba, cado dove i miei occhi non possono toccare, dove i lombrichi respirano per la terra e le mie dita strisciano nel buio. Sono cieco e seguo con la lingua il silenzio. Vorrei essere acqua di pioggia per avere la terra dentro. La pioggia che vedo è un fiore d'acqua che sospira lentamente, sboccia nell'invisibile e ha uno stelo di fango che si scioglie ad ogni sole.

«Non mangiare la terra» dice mamma, ma io voglio essere acqua di pioggia e mi fermo a riposare fra le piaghe delle cortecce, mi trattengono i palmi delle foglie. «Andiamo a trovare Clara» dice Maria, e tenendomi per mano mi porta su per la salita e si vede un deserto di luce al largo, sudore di vento e petali d'ombra. Muri bianchi. «Corri» dice Maria e sorride. «Corri, seguimi... la vedi Clara alla finestra, la vedi?».

Clara con un vestito verde come l'erba su cui la mattina si posa la rugiada. Clara è il mio stelo d'erba e vorrei prenderlo e arrotolarmelo attorno alle dita per averla sempre con me.

«Non parlare così davanti ai bambini» dice papà. «Cristo, non ti rendi conto».

«Scemo mi doveva capitare» dice mamma.

Mi viene voglia di dire qualcosa, cerco di dire qualcosa ma esce solo un gorgoglio che fa ridere Maria ma io voglio dire qualcosa e aspetto un attimo per vedere se qualcuno ha capito. Nessuno mi guarda allora mi riempio il didentro con l'aria che trovo e la lascio uscire tutta insieme dalla gola.

«Non fare così, tranquillo. Smettila Ico, basta, non urlare. Ci sono qui io, non urlare» dice Maria e mi passa la mano fra i capelli.

Poi Maria sparisce nel verde e rimango con Clara.

«Bruno, Pa' ti vuole alle serre» dice Clara.

«E Pietro? Perché non va lui?».

Clara alza le spalle e anche lei mi tiene per mano e la sua mano è diversa dalle altre, e mi viene voglia di stringerla più forte per proteggerla dalle cose grandi che potrebbero farle male.

«Ai! Più piano» dice. «Così... non ti lascio».

«Vieni» dice, «andiamo a raccogliere le prugne».

E la seguo fra l'erba che mi scivola contro le gambe nude con il suono dell'aria che esce dal naso. Lo scricchio tremante delle cicale come se grattassero le cortecce e Maria è lontana, non sento il suo odore ma non ho paura perché posso toccare il braccio di Clara e lei ride. «Mi fai il solletico» dice.

Si arrampica sull'albero a cogliere prugne. Il vestito si alza, la coscia sfrega per montare sul tronco, e vorrei parlare e toccarla ma lei ora è fra i rami e tende la mano nel cielo profondo, i capelli scuri che sono germogli e una prugna che cade ai miei piedi. E le sue gambe si piegano fra i rami col rumore dei rami, i miei occhi la aspettano. Fra le gambe il colore dei frutti. La mia voce non può salire con lei, mi resta chiusa in gola. Posso solo parlarle toccando il tronco su cui poggia i piedi.

«Non fare così. Arrivo. Adesso scendo» dice.

«Vuoi toccarmi, vero?» dice. Siamo seduti fra i tronchi e le foglie sopra anche loro provano a dire qualcosa che non capisco e si perde nel vento. Mi prende una mano e se la passa sul petto. Poi sotto il vestito la mia mano raccoglie il sudore sul suo corpo e sento come un soffio che le sfugge da dentro, un sospiro. Ma forse sono le foglie. Clara ha la voce delle foglie e nella sua mano la mia mano si tende fra le sue cosce. «Non devi avere paura» dice. «Devi fare così» dice. Rimango con le sue dita intrecciate alle mie sotto il vestito e le sue parole sono le parole non dette dalle foglie. Raccolgo il suono con le mani, la faccio parlare con la mia voce, anche lei perde le parole nel petto. Per me è solo respiro. Mi tira verso di lei, poi ride, poi cade con la testa nell'erba, tremando.

«Sei stato bravo» dice. E mi lascia la mano. Poi ride. «Vuoi una prugna?». Se la strofina sul vestito e me la porge. È il suo cuore che mi offre e viene da sotto il vestito, dove c'è bagnato e c'è odore di terra inzuppata che sento anche sulle mie dita.

PIETRO

È un sole che buca la pelle. Ti entra nel sangue. Qualche volta, quando volevo stare solo, prendevo e mi arrampicavo su per le fasce, per i sentieri, fino al poggio che domina la collina e si vedevano le case incassate nella valle che scendeva e si spolpava sul mare in costoni di roccia e scogliere, verso l'ultimo crinale che chiudeva il piccolo golfo. Nell'insenatura, costeggiato da muraglioni di cemento, si vedeva il porto, con l'acqua immobile: l'occhio perso del sole, spalancato, che galleggiava sull'abisso. Ai miei piedi, oltre la cima di una grossa quercia, la casa coi muri bianchi sulla soglia della voragine. Alla mia destra scendeva il pendio tagliato dai muretti a secco. In fondo finiva il terreno, chiuso dalla rete metallica. Un ruscello scorreva fra i massi verso il paese, costeggiando piccoli orti cintati invasi d'arsura. Sulla sinistra il bosco ingoiava tutte le ombre della valle, ombre di creature antiche, estinte, che si riunivano lungo il perimetro degli alberi in attesa del fiato notturno.

Mi spogliavo e mi stendevo nudo sull'erba dura di sole e sentivo gli stecchi pungermi la pelle; poi, lentamente, la mia carne si abbandonava al calore e nella mia testa non c'era che calore, nient'altro, mi asciugavo da dentro, affondavo nel terreno trovando uno spazio che aveva la forma di un me stesso già vissuto e sepolto e vissuto ancora e ancora sepolto, sempre nello stesso luogo, con la stessa forma, ma in tempi lontanissimi che non potevo raggiungere prima. E rimanevo fermo giocando con quella visione. I grilli sulle dita e le mosche che provavano a entrarmi in bocca.

Vicino al ruscello l'abbiamo sepolto, così può sentire il rumore dell'acqua che scorre. E steso nell'erba immaginavo il suo silenzio coperto dall'acqua che scorre, che lo avvolgeva in un fresco sudario. Così non lo sente nessuno. E rivedevo gli occhi di Bruno quando era tornato con le mani sporche di sangue e ogni volta che vedevo le sue mani vedevo gocce di sangue rosse che colavano lungo le dita fino a inzuppare i vestiti, inzuppare la terra. Pozze di sangue che nutrivano gli ulivi enormi contro il cielo. Sono enormi, gli ulivi. Poi passava: rimaneva il mormorio degli insetti, i tronchi inchiodati nella calura; il mio corpo conficcato al suolo come se fosse caduto da altezze spropositate. Trattenevo il respiro, in attesa che accadesse qualcosa, qualsiasi cosa.

Sono io, sono Pietro; ma nessuno mi sente.

«Vado io a prendere il pollo» dico, ma nessuno mi sente

sei il maggiore devi prenderti cura degli altri li affido a te tuo padre è così fragile ricorda che ti voglio bene e resta vicino a Bruno che ti ammira tanto anche se non lo dà a vedere non è colpa vostra no sono io che

Mi allontano dalla casa coi muri bianchi. Ritorno nel sole. Nulla è cambiato ma posso vedere le nostre ombre correre sulla strada verso casa e Bruno che si sciacqua le gambe piene di graffi con la manichetta che Pa' usa per bagnare

te la sei cercata dice e mi spruzza premendo il dito sulla canna per schizzare più lontano e Clara che ride dicendo a me non mi prendi a me non mi prendi e Bruno le punta il getto sulla faccia e le bagna i capelli e il vestito e la mamma chiama che è pronta la cena Clara piange perché il getto era forte e le fa bruciare gli occhi

Ma sono ombre, solo ombre che si muovono anche in piena luce giù per la strada polverosa. E c'è anche lei fra i tronchi. I capelli scuri contro le cortecce. La sua ombra intrecciata all'ombra delle cortecce, un corpo d'alberi scomparsi e luce frantumata. Labbra incise nei tronchi mi chiamano, mi baciano. Entro con la bocca nelle sue labbra, per trovare il suo sapore.

sono bella?

la sua pelle abbronzata è più chiara sui seni e la stringo e godiamo nel sole

Voglio dirle

«Che ti serve?».

«Io... il pollo».

«Come?».

«Un pollo».

«Che pollo?».

«Clara mi ha detto di prendere il pollo».

«Ah! È che l'ho dato via».

«Ma Clara...».

«Senti, è tardi sono stanco... il tuo pollo l'ho dato via. Prossima volta passate un po' prima» dice il macellaio alzando la voce.

Rimango zitto, abbasso lo sguardo.

Non l'ho mai dimenticata.

Percorro lo stretto vicolo fra le case e il sole è nascosto dai tetti. Giro l'angolo. Questa volta il sole mi entra negli occhi e la mia ombra si sposta, rimane chiusa fra muri rosi dalla salsedine e procedo, sempre fra le case, senza il pollo ma con l'immagine di lei nuda che mi brucia nel sangue; il volto piegato contro il cuscino

lasciala stare Bruno

perché

lasciala in pace

deve imparare a star zitta quando non ha niente di furbo da dire, no Pa'?

Pa' non risponde e guarda nel piatto, la bocca che mastica

io zitta non ci sto

tu stai zitta quando lo dico io sennò le prendi

lo sguardo di Pa' fisso sul piatto e il rumore del coltello che taglia la carne

smettetela

tu che vuoi?

è solo una bambina

è una stronza

Bruno

Clara afferra la forchetta il suo braccio si piega e la lancia contro Bruno che si alza di botto facendo volare la sedia e si getta verso di lei io mi alzo e gli tiro una spinta Clara corre di sopra in camera e sento la chiave girare nella toppa

Suono il citofono e aspetto qualche secondo. Sento la sua voce e dico: sono io. Il portone si apre e salgo le scale.

CLARA

Quando mi guardo allo specchio vedo una donna, e una donna deve appartenere a qualcuno. Una donna deve avere il suo uomo e il suo corpo deve cambiare per dare la vita, e la vita deve scorrere in lei perché si senta viva, la sua pancia gonfiarsi e i seni riempirsi di latte per nutrire. Invece io non ho nulla. Il vuoto che ho dentro mi fa odiare quello che vedo allo specchio: un corpo nudo cucito sopra quello che sono. E allora devo essere albero e affondare radici nel buio, arrivare sul fondo per sentire nel sangue quel poco di vita che mi rimane. Sono giovane ancora. Insegno ai bambini a vedere la luce del mondo dal buio in cui sono sepolta. Li posso prendere in braccio e sentire il calore che viene da loro dentro di me e i loro cuori battono sul mio. Ma non terrò mai fra le braccia qualcosa che viene da me, qualcosa che mi è cresciuto sotto la pelle, fra le ossa, e il suo cuore mi appartiene completamente perché ha battuto dentro di me e nel suo sangue c'è anche il mio sangue. Il mio ventre rimarrà sempre vuoto e il mio corpo appassirà lentamente senza conoscere altro che non sia già in me: il buio di me stessa. Sono rivoltata al contrario, la testa e le braccia piantate nel terreno, le gambe spalancate al cielo e il mio ventre una conca che si riempie di pioggia e fango. Ho piena coscienza della tenebra, mi muovo toccando ogni cosa e da ogni cosa devo essere toccata. Comunico con la carne, con la pelle. Ho solo un occhio che non sbatte mai le palpebre e mi guarda fisso dall'interno.

Ho preso la forma della terra furente in cui sono cresciuta: pareti di roccia, crepacci masticati dall'onda; il salino mi fora la pelle mi passa sotto nel sangue, si calcifica in formazioni ossee mai viste. Servono a sorreggere l'immensità del mio corpo, sostengono il mio deformarmi in paesaggio. Il mio mare sono gli uomini che ho avuto e che avrò, non riesco a distinguerli perché dal buio riconosco solo il loro entrarmi dentro. E dilagano, senza mai riempirmi completamente. Un boato mi spinge nei polmoni. Mi galleggiano in frammenti fra le costole. E mi consumo, mi consumo in solitudini di sabbia.

«Laura» dice Pa' «Laura fammi il favore, vai a prenderli tu, quei pomodori».

«Sono Clara Papà».

Lui mi guarda. Gli occhi sbarrati e il volto una zolla di terra strappata dal suolo: un solco profondo gli attraversa la fronte mentre balbetta fra sé e gli metto le mani sulle spalle per farlo sedere.

«Portami un po' di vino» dice.

Gli avvicino il fiasco e gli prendo un bicchiere. Lui si gratta la testa; poi si guarda le unghie sporche di terra. Afferra il fiasco e rovescia il vino nel bicchiere. Lo beve d'un sorso e per deglutire fa un rumore come se si stesse strozzando. Poi riempie ancora il bicchiere.

«Io non lo voglio il pollo» dice.

Guardo l'orologio. Pietro non è ancora tornato.

«Faccio una pasta, va bene?».

Lui non risponde. Rimane con lo sguardo fisso sul muro e intanto si porta il bicchiere alle labbra. Si volta verso di me e dice: «Dov'è Bruno?».

«È andato in paese. Tra un po' torna, non ti preoccupare».

«Era arrabbiato con me?». La voce gli trema.

«Non era arrabbiato con te, non ti preoccupare».

«Il mio ragazzo» dice, «il mio ragazzo...».

«È andato a farsi un giro, lo sai com'è, tra un po' torna» dico io.

Lui mi guarda e alza le spalle. Il bicchiere è di nuovo pieno.

Mangiamo in silenzio. Poi esco sulla terrazza a fumare. Lo vedo fra le fronde esplose di verde, sullo sterrato. Cammina ingobbito e vedo che porta qualcosa sulle braccia, forse i pomodori, e la sua figura rotta dal vibrare delle fronde nel vento che spinge dal mare. Anche lui come me è ancorato a tutto questo in un eterno ritorno. È come se non fosse mai partito.

Lo vedo mentre salgo lo sterrato, giù dalle serre, dove Pa' aveva lasciato la motocarriola. È a torso nudo e tira la funicella per avviare il motore. Alza lo sguardo verso di me che sono fermo a guardarlo attraverso la rete metallica. Poi tira uno strattone alla funicella. Il motore fa qualche scoppio, si spegne, e poi solo le cicale crescono nel silenzio; e il suo sguardo nero che mi fissa e ho paura. È come un nascondersi che subito si confonde con la vergogna, l'indifferenza dei suoi occhi sul mio volto incastrato nella rete metallica. È più in basso di me di quasi cinque metri ma lo sento così vicino che mi ritraggo, senza volerlo abbasso lo sguardo nella polvere.

«Vuoi una mano?» dico, alzando la voce perché non si perda nel vento.

Lui non risponde, ma mi sembra di vedere il suo capo fare un cenno d'assenso. Così faccio il giro, passo il cancello col lucchetto arrugginito e scendo per andargli incontro. I suoi occhi neri che mi seguono lungo la strada, fino a quando ci troviamo uno di fronte all'altro e vedo la sua pelle scura velata di sudore.

«Non parte» dice: la sua voce profonda. Il petto largo segnato da una lunga cicatrice che gli attraversa il pettorale sinistro e termina dietro alla spalla destra.

«Non parte?» chiedo, allungando una mano verso il serbatoio.

«Benzina c'è» dice. Allora ritiro le mani, mi passo il palmo sulla fronte.

Indica le cassette di pomodori. «Se mi aiuti le portiamo su» dice. E senza aspettare mi mette una cassetta sulle braccia e un'altra sopra. «Comincia a andare, io arrivo».

Senza dire niente mi volto e mi incammino verso casa, con le cassette che mi pesano sulle braccia.

Muri bianchi. Folate di vento piegano i rami agli ulivi, la luce dal mare si tende. Un cavo d'acciaio, trapassa le foglie. È sulla terrazza e guarda verso di me: una mano sul capo, forse per tenere i capelli nel vento; sembra che si regga la testa per non farla cadere in avanti, come fosse molto stanca. Vento di corteccia rompe grumi di terra rossa, strappa ululati alle fronde, ombra violenta del mare con la bocca aperta. Ha un respiro d'acqua profonda che conserva il rimbombo dei suoni lontani. Ha un respiro di rocce e schianti lungo scarpate di rovi. Su, verso la montagna che guarda, smembra una nuvola che rapida cresce e rapida crolla in filamenti scomposti. Fiori di bougainville ondeggiano di luce e il respiro dell'uomo sepolto lungo il ruscello mi arriva alle orecchie gonfio, costellato di petali, da un passato che mi lascia le mani incrostate di sangue; mi vedo con le ginocchia nell'acqua e c'è Bruno. È in piedi dietro di me. Metto le mani nell'acqua poi raccolgo la terra e me la sfrego sui palmi e fra le dita fino a spellarmi, le bagno ancora e schiaccio le dita umide nella terra mentre Bruno rimane fermo; poi sento i suoi passi allontanarsi sugli aghi di pino, lentamente come se mi stesse aspettando. Io rimango in ginocchio. Immergo la faccia nel ruscello e con la bocca piena d'acqua grido. È così che il vento tace qualche secondo. Una quiete improvvisa accompagna i miei passi sulla ghiaia del cortile. Clara ora è sopra di me, sulla terrazza. E mentre salgo le scale verso di lei quel silenzio mi pare un singhiozzo di pace.

BRUNO

«Chi era?» dico.

«Avevano sbagliato» dice lei.

La afferro per un braccio e lei chiude la porta. La trascino fino in camera. La volto di spalle e la piego sul letto. Il suo corpo incurvato sul letto è senza volto. Capelli, pelle nuda, il silenzio che mi concede è un silenzio disperato, il suo corpo senza volto è la sola cosa che posso avere. Quello che mi spetta. Come ogni donna mi si offre smembrata, distrutta. Non le guardo mai negli occhi, non me l'hanno mai permesso. Le infilo una mano fra le cosce e con l'altra mano le tengo stretto il collo e la testa schiacciata contro il materasso. Con la mano fra le cosce sento che posso annientarle, una per una, non hanno più nessun potere. È fra le loro gambe che strappo via gli sguardi che mi devono. Penso a quel negro sopra Clara sul tavolo della cucina. Quel negro nudo che suda sul mio tavolo e la prende facendola urlare.

Sento che non è bagnata. Il suo sguardo da negro che riesce a trovare i suoi occhi nascosti. Levo la mano e me la porto vicino alla bocca, ci sputo sopra, poi gliela passo fra le gambe. Le sue gambe sono tutto quello che mi resta, il suo essere donna è concentrato nelle piaghe vertiginose dell'inguine, si abbassa un poco sulle ginocchia, gode ma la sua voce è chiusa nella carne, sento il suo piacere con le mani, una voce interna, vibrante, il suo piacere si raccoglie nelle gambe. Le infilo due dita e le spingo dentro, provo a strapparle un po' di calore, quello sguardo che non posso vedere. Mi calo i pantaloni, mi prendo il pene ma non viene duro, così con una mano muovo le dita dentro di lei più velocemente e con l'altra mano me lo frego e penso a quel negro, che porta le cassette di prugne e mi guarda con quegli occhi neri, senza rispetto, senza ritegno, penso a lui che fotte Clara e la tiene per i capelli e il corpo nudo di Clara che rimane schiacciato sotto il corpo del negro, e mi monta una gran rabbia, una voglia di spaccare tutto e Maria si divincola, basta dice, sono venuta, basta. Il pene ancora mollo nella mia mano.

Maria si volta.

«Faccio io» dice, si china e lo prende in bocca ma non succede niente. E provo vergogna, mi viene voglia di dirle fermati, vorrei che mi guardasse così non sarei costretto a dirle fermati, non posso, ma lei continua a succhiarmelo, gli occhi chiusi, impenetrabile, come se stesse succhiando qualcosa che non mi appartiene, come se il mio pene nella sua bocca fosse qualcosa che lei si succhia per conto suo. Lei sa che non posso ma vuole farmelo dire, vuole che lo dica, penso, così non è lei che si arrende ma io che non sono abbastanza uomo. Lei vuole che la fermi, ha capito che non posso e vuole farmelo dire, vuole sentirlo da me perché non può guardarmi negli occhi, si vergogna di me, la vedo sorridere mentre lo succhia, lei sa che non posso e questo non le fa dispiacere, non la disturba anzi la fa sorridere. Sorride col mio pene in bocca aspettando la mia resa, e anzi ci mette tutta sé stessa, vedo proprio che si impegna, è il suo modo di dire guarda che è colpa tua, io il mio l'ho fatto. La faccio faticare ancora un po', penso, apri gli occhi, non ce la fai più, adesso guardami. Ma non succede. Non li apre.

Le spingo via la testa. Tiro un pugno contro il muro.

Maria si asciuga la bocca col dorso della mano. Mi guarda. Nei suoi occhi non c'è niente. Distolgo lo sguardo. Mi passo le mani sulla faccia.

«C'è da mangiare?» chiedo.

Maria si alza e va in cucina. E io rimango lì, solo. Dalla finestra vedo la piazza e i palazzi, e fra il cemento pulsa, blu scuro, un sipario marino scosso dal vento, schiumante.

Pa' aveva ragione, si sta alzando.

«Si sta alzando» dico, quasi senza accorgermene.

«Cosa?» dice Maria dalla cucina. Si sente un trepestio di pentole e lo sfrigolio del fornello a gas che si accende.

«Il mare... si sta alzando».

«Ah» dice Maria.

I suoi passi che si avvicinano. Guardo verso il basso, il pene mi ciondola fra le gambe. Mi viene da ridere.

«Tutto bene?» chiede Maria. La sua voce ora vicina. Alzo le spalle. «Vuoi che...» dice, e fa per toccarmi.

«Lascia stare. Non è giornata».

I suoi passi si allontanano di nuovo.

«Avevo fatto la pasta. Te la scaldo, va bene?».

Non ho la forza di rispondere. Un lenzuolo steso si accartoccia nel vento. Clara nel suo vestito corto e leggero. Il suo corpo si schiude nel vento, il segno del sole sulle cosce, il vestito si arriccia fra le gambe, penso al piacere chiuso nelle sue gambe, alla fame che dalle sue gambe sprigiona. Ma ora indossa un'armatura d'oscurità e silenzio e cammina a fatica, suda, sotto il sole la carne imprigionata cuoce lentamente, la pelle si spacca, si apre sfregando sul metallo. Clara piange. Clara mi guarda, nuda, sulla soglia del bagno e io dico te lo scopi? e lei non arrossisce, il suo corpo nudo ancora umido e il seno lentamente si gonfia e si sgonfia nel suo respirare calmo, mentre mi guarda dritto negli occhi ma senza guardarmi e sorride tristemente e inclina la testa. Quel negro la fotte, quel negro che viene da lontano e ha un odore forte di sudore e sangue e sabbia e dolore. E la fotte.

Clara che più cresce più assomiglia a mamma. Nel suo naso sottile che si arriccia quando è arrabbiata. Nel labbro superiore leggermente sporgente. Negli zigomi pronunciati. Nello sguardo triste, inquieto, che brucia nella pupilla nera.

«Va bene?» ripete Maria.

«Cosa?».
«La pasta».
«Fai come ti pare».
La sento sospirare.

Così il negro nella mia testa si fotte l'immagine di Clara che è l'ombra scomparsa di mia madre, l'ombra sbiadita che conosco come mia madre. Clara con due ombre, la sua e quella di nostra madre che la segue ovunque, quello che ci è rimasto di nostra madre è l'ombra che segue il passo di Clara, non rimane altro, nessun segno riconoscibile. È la sola cosa che conosco, siamo nati da questo. Siamo lo specchio di un'oscurità dilagante. Quel negro non può toccarci. Appena riesco devo cacciarlo a calci in culo, quel negro. Se ne deve andare. Non lo voglio più vedere. In paese ce ne sono dappertutto ormai. Lo Stato li mantiene con i nostri soldi e loro se ne vanno in giro, si prendono le nostre donne, ci rubano il lavoro. Questi negri ci colonizzeranno prima o poi, ce li troveremo anche in comune, in parlamento. Ma sono bestie. Non sono capaci di lavorare come si deve, non sanno cosa voglia dire lavorare. Guarda cosa hanno fatto della loro terra. Si ammazzano come cani e poi si lamentano che vengono sfruttati. Non hanno la testa per tenere in piedi un governo, pensano solo a fottere e mangiare, fottono e mangiano qualsiasi cosa, come cavallette, una generazione di nuovi negri evoluti che vuole annientarci, spazzarci via. Si moltiplicano senza controllo. Sfondano le frontiere da mendicanti e poi quando arrivano nelle città e nei paesi fanno i padroni. Sono bestie e le bestie capiscono solo con le cattive, con il bastone. Quel negro se ne andrà, lo bastonerò di persona fino in fondo allo sterrato, lo farò strisciare via. Non merita altro.

Apro la finestra. Il libeccio si trascina dietro esplosioni di sabbia e lo schianto delle onde che rimbomba fra le vie.

CLARA

Voglio stare bene. Solo questo. Non ho bisogno di loro per stare bene. Loro chi? Chi sono? Cosa vogliono da me? Voglio stare sola. Voglio un posto solo mio, un posto col mio odore dove non c'è nulla, dove c'è solo il mio odore. Lì potrei stare in silenzio per giorni senza mangiare senza bere, rimanere lì immobile per giorni interi aspettando qualcuno che ancora non conosco. Perché qualcuno verrebbe a cercarmi. Io lo aspetterei, verrebbe a salvarmi ne sono sicura, qualcuno verrebbe per me. Lo aspetterei, trattenendo il fiato.

È questo posto; qui ho imparato a stare immobile. È il mare che mi si ferma nella ossa, mi scorre nelle vene. Fuori non mi muovo ma dentro sono una spirale di fondali e fosse oceaniche, contengo un doppio, una copia esatta di quello che mi circonda. Sono gravida ma non posso partorire, nel vuoto del mio ventre si nasconde il mondo che verrà.

Da ragazza uscivo sempre le sere d'estate, quando il paese era vivo e c'era gente che camminava per le vie e si stringeva e si baciava. C'era musica. Si sentivano grida e risate nei vicoli. I falò illuminavano le spiagge, corpi nudi sulle scogliere. Sguardi notturni, passi nella pineta, campi di lucciole. Danza, danza fino a cadere sul prato, trova il calore che rimane nel silenzio delle rocce e al buio odora di sale e abissi.

Eravamo in molti, e di solito si andava a bere in spiaggia. Un giorno c'era un ragazzo, non sapevo il suo nome ma mi sorrideva. Mi prese per mano e mi portò oltre il molo, dove potevamo stare soli. «Vieni» diceva. «Voglio farti vedere una cosa». Gli altri li sentivo fare casino sulla spiaggia, poco lontano. Li vedevo tuffarsi nel buio spaccato dai riflessi e nuotare verso il largo.

Il ragazzo posò le labbra sulla mia bocca. La sua mano saliva lungo la mia coscia. Stringeva forte. Provai a divincolarmi ma lui mi tirava a sé e non riuscivo a parlare, la sua mano sudata sul ventre fino a afferrarmi i seni mentre i miei amici ridevano, nascosti dagli scogli. Disse «Ferma... sta ferma, lasciami fare». Sopra di me ansimava e io vedevo solo i suoi denti nella bocca dischiusa. I glutei mi affondavano sempre più nella sabbia. Chiusi gli occhi. Non ero più lì. Potevo vedermi. Ero lontanissima. Avevo nuotato sott'acqua. Ero riemersa, oltre la linea dell'orizzonte. Non avevo paura, anche se sapevo che sotto di me passavano creature gigantesche, sfiorandomi le gambe. Non volevano farmi del male. Seguivano le correnti verso il mare aperto.

Da quel giorno quando mi fermo a guardare in quel buio che si confonde col cielo trovo qualcosa di me, riconosco quel vuoto che mi porto sempre dietro, quell'infinito mormorare d'onde che nasconde un dolore terribile, sconosciuto, che si stende e si ritrae sulla sabbia con un palpito costante, un pulsare continuo e inarrestabile. E mi dico, con lo sguardo tremante e ubriaco: questa sono io e sono vuota come un mostro senza faccia che cammina a quattro zampe e ulula alla luna; un animale stanco con un buco fra le gambe per dare una vita che ancora credevo di poter dare. E sento come un richiamo, un invito a immergermi e trattenere il respiro e poi lasciarmi andare, l'acqua che entra dentro e riempie la gola, la mia gola un'insenatura stretta, il mio corpo disteso che accoglie il variare delle maree, si lascia conquistare dalle correnti e lentamente si dissolve. E pensavo la terra come un corpo enorme, immenso, che gode e soffre nella voce delle onde, ad ogni onda; gode e soffre.

Pietro è di fianco a me.

«Pa' sta bene?» dice.

Si sente dentro la voce di Pa' che chiede «È ancora arrabbiato?».

«Non è Bruno» dico. Pietro mi guarda. «Non ti vede da un po'. Fa fatica a capire che ci sei anche tu, adesso».

«Non potevo rimanere tutta la vita qui» dice.

«Non ti sto accusando. Dovresti stare con lui, deve riabituarsi a te». Tiro fuori una sigaretta. Tendo il pacchetto verso di lui ma mi fa di no con la testa. Poi i suoi occhi guardano dentro. C'è Pa' seduto ancora al tavolo. Ha il bicchiere in mano e lo sguardo fisso verso il lavandino.

«A volte la vede... pensa che ci sia ancora» dico.

Pietro alza le spalle, non risponde. Si gratta il mento con una mano. Il vento gli spettina i capelli.

«A volte mi chiama col suo nome».

Pietro rimane in silenzio. I suoi occhi scrutano il mio viso.

«Vi somigliate» dice poi.

Chiarore di fronde d'ulivo. Il vento spinge il mare scuro giù da precipizi di luce. Una tempesta limpida in cielo, si smuovono placche d'azzurro. L'orizzonte respira. Non ci sono navi al largo. Dal porto le onde scavalcano la cinta di cemento.

«Ho incontrato il ragazzo di colore».

«Ci dà una mano. Lo sai che qui c'è sempre del lavoro da fare. Con Pa' ridotto così abbiamo capito di aver bisogno d'aiuto. Bruno non riusciva a fare tutto».

«È per lui che tu e Bruno litigate?».

«Sì».

«Dove dorme?».

«Che ti frega?» rispondo dura. «Scusa... è che».

«Non mi devi spiegazioni».

Lo abbraccio. «Mi sei mancato» dico.

Lui non dice niente ma lo so che pensa, pensa sempre, pensa a come proteggermi, a come proteggere Bruno. Ma non trova mai risposte, pensa per il gusto di pensare, non cerca risposte, cerca solo di pensare e basta. Non sa neanche lui a cosa o per cosa. Vuole questo. È così.

BRUNO

Mamma riesco a pensarla negli oggetti che toccava e in quello che indossava ma se provo a vedere nella testa il suo viso, mi rimane negli occhi solo un'immagine sbiadita e insignificante. Quella puttana. Una famiglia di puttane, il sangue non mente mai. Se ne va con un altro uomo e ci molla qui senza problemi. Ma io sono sicuro che non ha avuto una vita felice. Ha mandato qualche lettera, dopo, ha mandato l'indirizzo nuovo e qualche foto e stronzate così ma io non ci ricasco due volte. Le donne sono come i cani. Vanno con chi riesce a dargli da mangiare. E allora ho pensato che se mi aveva mollato una volta lo poteva rifare tranquillamente e io non mi faccio prendere per il culo due volte. Non sono stupido. La fedeltà le donne non sanno neanche immaginarla. Non è una colpa. Hanno ancora l'istinto, loro. Mica come noi che ormai siamo uomini solo a metà. Per cosa viviamo? Non ci sono terre da conquistare. Non c'è più senso dell'onore. È tutta una commedia. Se uno è forte non può prendersi quello che la sua forza gli consentirebbe di prendere. Deve essere come gli altri. Deve abbassare la testa. Tutti hanno uguali diritti. Tutti meritano un'occasione. Io non ci credo a queste cazzate. Se qualcuno mi taglia la strada sul marciapiede voglio sfidarlo a duello, strappargli il cuore e mangiarlo.

Invece se uno è forte deve tenersi quella forza dentro, soffocarla per il bene di quelli meno forti, fino a che non ce la fa più e allora è costretto a fare del male, deve fare del male a sé stesso o agli altri perché quella forza lo distrugge, lo annienta. Uccide o viene ucciso. Ma è tutto senza onore, è un morto che muore per nulla, non nel sangue ma su un lenzuolo bianco d'ospedale, non nella terra, ma sotto i ferri. E se riesci a sopportare tutto questo il meglio che ti può succedere è campare fino a novant'anni, se prima non ti becchi un cancro, e poi sperare che i tuoi figli, se ne hai, se hanno pietà di te, ti rinchiudano in qualche clinica dove ti imbottiscono di sedativi. E poi morire muori, ma non te ne accorgi, e anche la morte diventa una cosa mediocre come tante, muori in silenzio, con un tubo nella gola, ti guardi allo specchio e sei un essere di tubi e macchinari, un essere intubato e metallico, ti guardi e vedi un essere intubato e metallico che rimane steso a letto e ti portano i fiori, le infermiere ti girano e ti cambiano il pannolone e tu sei sempre lì, vorresti fare qualcosa o dire qualcosa ma sei fermo lì perché sei un essere intubato e metallico e non puoi staccarti dai macchinari, quei macchinari sono tutto quello che ti è rimasto, sono parte di te, prolungamenti del tuo corpo, tutto quello che sei dipende dal funzionamento di quei macchinari e tu li odi, vorresti rompere tutto, strappare i fili dal muro, staccare l'intera linea elettrica e sfondare gli schermi. Ma non puoi. Tu non decidi. I macchinari decidono, tu non hai nessun potere, la tua forza è tutta trasferita nei macchinari che ti tengono in vita. Non hai più muscoli ma tubi e aghi che ti passano sotto pelle, il tuo cuore una linea digitale disegnata su uno schermo. E quando ti spegni, quando è scaduto il tempo, quei macchinari ti sopravvivono, rimangono accesi, diventano l'apparato di qualcun altro. Nessuno li butta, non si butta via niente. Li riciclano e li attaccano a qualcun altro. Prima di morire è questo che diventiamo. Un sacchetto di carne che i macchinari svuotano e riempiono di liquidi e aria.

Io non voglio finire come mio padre, mezzo scemo. Non voglio essere un peso. Voglio morire lottando da guerriero, sentendo i muscoli tesi, sentendo la fatica, il sapore del sangue e del fango. Perché devo avere una morte silenziosa? Io voglio gridare a Dio il mio dolore e dimostrargli la mia forza. Morirò lottando in un corpo ancora capace di lottare. Il sangue mi brucia nelle vene. Questo bisogno di fare qualcosa di grande, qualcosa che mi metta alla prova, fino all'estremo, fino al limite. E capire che non posso fare altro che cedere, finalmente, perché ho perso e sono più debole, più debole di tutti loro.

Allora cadrò spezzato e finirò sul fondo di qualcosa, anche se non so bene cosa. Forse sarà acqua. Non ci sarà più corpo e la mia forza sarà la forza di tutte le cose vive che lasciano la vita. Sarà la forza dell'infinito scorrere. Una forza di cui non riesco a parlare. Pietro, mio fratello, che non ho avuto il coraggio di guardare negli occhi anche se non lo vedo da anni, lui saprebbe sicuramente come spiegare tutto questo.

E quando la pioggia batte sul tetto del pollaio fuori nell'orto perde il rumore di pioggia non è più pioggia perché non ha il rumore di pioggia ma diventa il tetto del pollaio che si rompe in pezzi piccoli come chiodi, ho paura e piango e mamma dice «Io così non ce la faccio, Cristo, fatelo smettere» e Maria mi prende per mano «Vieni Ico, vieni con me, andiamo a giocare».

Ma mamma non parla più, non dice niente, è andata via insieme a papà. Maria dice che sono in un bel posto e vanno d'accordo, adesso ci guardano sempre. Un posto in alto nel cielo dove non c'è più pioggia sul tetto del pollaio e dove c'è tanta altra gente che guarda noi che stiamo qua sotto. E allora penso che se ogni tanto alzo una mano per salutarli a loro fa piacere, alzo la mano per salutare quelli che vivono nel mondo sopra dove ci sono nuvole che si scontrano e i rumori del cielo cadono in luci. Quando il mare e il cielo si toccano nell'orizzonte penso che mamma e papà e tutti quelli che sono in cielo possono trovare un passaggio per tornare giù perché su in cielo lo spazio invisibile è alto come la montagna che guarda e per quello non riescono a scendere. Ma il passaggio che trasforma il cielo in acqua è aperto. Ma per loro l'acqua è come sparire nella luce, devono cadere con la pioggia e lasciarsi trascinare verso di noi. Hanno dei corpi freddi di cielo che si scaldano cadendo ma sono così lontani che non so quando riusciranno ad arrivare qui dove siamo io e Maria. I loro corpi si sbriciolano cadendo e mentre cadono parti di loro piccolissime parlano al vento. Così quando posso vado sul mare per vedere il loro arrivo, si staccano piano dalla schiuma goccia per goccia. Io li conosco dalle pozze che lasciano sulla sabbia. C'è poco di loro perché il resto di loro è perso nella corrente, ci mettono tante estati a trovarsi perché sono sparsi in posti lontani che il vento conosce. Le loro voci sono troppo pesanti per il vento così cadono tutte nello stesso posto. Le loro voci non possono tornare perché sono così pesanti che affondano nell'acqua. Io aspetto le parti di loro che si possono aggiustare, ne trovo di più quando il mare è grande e l'aria strappa gocce dai fondali e le gocce mi bagnano il viso e sento un sapore di sale che mi incolla le labbra. È il loro modo di parlare, le gocce di loro che trovo mi si fermano sulle labbra li prendo sulla lingua e me li porto dentro dove li conservo. Devo prendere tutte le gocce di mamma e papà per poi farli nascere ancora dentro di me.

Sono con la mia amica Amelia che è bionda e i suoi capelli sono chiari bagnati di sole come quelli di mamma ma lei non dice «Non mangiare la terra». Amelia mi guarda sempre e mi segue e mi aiuta a vestirmi e allacciare le scarpe. Io vado sul mare a aspettare le gocce di mamma e papà. Sul mare ci sono gocce di tutti quelli che conosco anche quelli che non vivono ancora in cielo.

Maria guarda la casa coi muri bianchi, verso la montagna che guarda, le lacrime le scivolano sulle guance fino al collo e tiene una mano posata sul ventre come se avesse perso qualcosa e quel qualcosa fosse proprio là, dentro la montagna che guarda la tomba dove gli angeli lasciano scivolare le loro vesti d'oro rosso. Gli angeli che conosco hanno la forma di granchi. Si rintanano nei buchi di roccia. Camminano sotto il peso delle onde. Le loro vesti d'oro rosso sono piccole alghe impigliate fra le zampe.

Indico i muri bianchi della casa.

«Non ci andiamo più» dice. «Se n'è andato» e i suoi occhi sono bagnati di rugiada di lei.

Mi chiude in camera e sorride, mi da un bacio e dice «Fai il bravo, io torno subito». Però la sento gridare così la chiamo ancora perché non voglio rimanere solo con il grido di lei vicino senza vederla. La sento gridare ma non è la voce di lei che grida è un'altra Maria che grida in un modo che non conosco con la voce di qualcuno che le soffia in faccia.

Così lei torna, apre la porta e i capelli spettinati le cadono davanti alla faccia e sulla fronte vedo che è stanca, anche per come respira l'aria e si passa le ciocche dietro alle orecchie, guardandomi seria.

«C'è solo Pietro. Stiamo giocando. Pietro non è cattivo».

Ma io la sento ancora gridare.

Pa' seduto che guarda il lavandino e lei dice «A volte la vede... pensa che ci sia ancora» con Pa' immobile, gli occhi fissi sul lavandino come se vedesse il suo fantasma che passa i piatti sotto l'acqua calda, il fumo che sale dal lavello e lei che non si scotta. Le mani dure di calli che prendono i piatti e le posate con una delicatezza che forse non aveva quando non era ancora un fantasma

Mi preoccupo per voi anche se non si vede mi preoccupo per voi siete i miei bambini ma questa casa non è la mia casa vivo una vita finta in una casa finta e voi siete i miei bambini finti non siete veri quando vi vedo o vi penso in questa casa non siete i miei bambini vedrai che dopo sarà meglio io starò meglio staremo tutti meglio perché qui non possiamo stare bene questa casa è la casa di tuo padre non è mai stata la mia casa non è mai stata la nostra casa non si è mai trasformata in qualcosa di nostro per noi qualcosa da abitare insieme l'ha sempre abitata tuo padre questa casa da solo con i suoi mobili il suo letto le sue finestre il suo terreno le orme che lascia sul pavimento sono quelle di un morto tuo padre è già morto ma io non sono morta voglio vivere ho ancora dell'amore da dare qui sto bruciando viva tuo padre mi ha messo su un rogo ha accumulato per anni foglie secche e bastoncini poi ha piantato un palo e mi ci ha legato ha appiccato il fuoco io non me ne sono accorta bruciavo in silenzio mentre vi mettevo al mondo stavo già bruciando siete nati col fuoco sugli occhi ma non lo odio non pensare male di me sono sveglia ora non so quando è successo certe cose succedono e basta ma ho capito che devo andare tu gli assomigli a tuo padre hai la sua fronte i suoi capelli ma le tue mani sono mie e anche i tuoi occhi sono miei sei più mio che suo invece Bruno è più suo che mio ma tu sei quasi solo mio non abbassare mai la testa se la prenderà con te ma non abbassare mai la testa ricorda quello che ti dico non devi abbassare la testa per nessuno mai abbassare la testa se la abbassi sei finito ti schiacciano a nessuno interessa chi sei o cosa fai ti schiacciano per il gusto di farlo se gliene dai l'opportunità lo fanno solo perché possono e questo non devi mai permetterlo non devi lasciarti schiacciare da nessuno neanche da tuo padre

Vedere Pa' che cerca il suo fantasma mi fa venire rabbia e forse Clara se ne accorge perché rimango zitto.

Poi quando alla fine dice che le sono mancato e mi abbraccia penso che forse dovevo rimanere qua, che non ho fatto abbastanza per loro, che Pa' non mi riconosce più perché sono andato via quando loro avevano bisogno di me, ho fatto come lei, che da un giorno all'altro è sparita. Anche io li ho lasciati. Dovevo cercare qualcosa, ma non ricordo più cosa. È sempre così, uno parte per cercare qualcosa ed è sicuro di quello che deve fare, sa già che sta partendo per un motivo e il motivo gli è ben chiaro nella mente. Poi però se ne dimentica, succede quasi subito, appena uno parte si dimentica perché è partito e dove sta andando e cosa sta cercando. Quando torna, perché alla fine tutti tornano, quando torna è ancora più solo e più vuoto di quando è partito, appena uno parte è già sconfitto. Quando torna quelli che sono rimasti lo odiano ancora più di prima e non si può rimediare, in nessun caso si può rimediare, per quelli che restano vederlo tornare è una doppia sconfitta perché lo vedono triste e vuoto e non capiscono come possa essere triste e vuoto uno che è partito, che li ha lasciati per cercare qualcosa che dovrebbe aver trovato visto che li ha abbandonati proprio per quello, e anche se non l'avesse trovato, quel qualcosa, si aspettano che per lo meno finga di averlo trovato, così la sua partenza avrebbe un senso e l'abbandono anche avrebbe un senso. Bruno e Clara mi vedono triste e vuoto e non posso fare niente per cambiare le cose. Non sono arrabbiato sono solo molto stanco. Bruno e Clara stanno bruciando, li vedo in fiammate, attraverso il fumo che esce dalle loro bocche. Sono spettri vestiti di tempo che aspettano una benedizione.

Dovevo fare qualcosa di grande per lei, diceva che dovevo fare qualcosa di grande così nessuno mi avrebbe dimenticato, allora ho conosciuto l'eternità dei giorni, l'unica cosa che conta, il tuo essere si dilata in maniera esponenziale nel tempo e nello spazio e nella memoria degli individui, che è la memoria del mondo, la memoria del mondo si conserva in ogni essere passato presente e futuro e non conosce la morte e la resurrezione perché non ha mai fine. Hai fame di tempo, smembri e divori te stesso infinite volte in infiniti modi diversi. Poi improvvisamente sei in alto, su, dove niente e nessuno ti può raggiungere, dove niente e nessuno può sperare di trovarti. C'è buio solo al principio. Batti le palpebre. Scie di pulviscolo stellare passano veloci e si perdono nella tenebra, ti volti in tempo per vedere la collisione dei pianeti. Sfere intrappolate in ghiacci perenni, il moltiplicarsi delle galassie. Dal buco nero ascolto la melodia segreta.

Hanno già detto quello che c'era da dire, quello che vedo non ha nessuna importanza, parlano tutti, sono bravi a parlare, parlano a ruota libera e i più non sanno quello che dicono, con quella loro ignoranza possono andare avanti imperterriti, parlano per ore intere senza stancarsi, notte e giorno fino ad avere la bocca secca e le labbra screpolate. Fra loro si capiscono perfettamente ma a me nessuno sente, quando parlo credo di parlare e in realtà non sto dicendo nulla, non sono capace di dire nulla, non riesco a pronunciare neanche una parola. Appena apro bocca mi guardano come si guarda un giullare, faccio versi e pernacchie, per divertire la corte. Posso parlare da solo, lo faccio sempre, ci sono così abituato che anche quando parlo a qualcuno in realtà sto parlando a me stesso. Il palco è gremito di gente ma nessuno è seduto fra il pubblico. Urliamo a squarciagola, ognuno col proprio delirio, ma nessuno ascolta la nostra voce; miliardi di voci che gridano e schiamazzano e canticchiano e fischiettano. Vivi e morti. Tutti chiedono amore, chiedono di essere seguiti nel delirio, fino alla morte. Poi ci sono crepacci infestati da ombre. Tra gole di roccia ristagnano acque abissali, i pini nani abbarbicati sulle scogliere si lasciano cadere nel vuoto, fra i picchi. Il caldo apre squarci di terra. Crepuscolo d'ossa. Gli ulivi sussurrano litanie antiche che si posano come polvere fra le scanalature dei tronchi nodosi. Radici incrostate di sale e greti in cui l'acqua scorre al contrario, quando il mare spinge dentro il suolo e la risacca ha il colore del fango.

«Non ti ho chiesto se hai fame» dice Clara.

«No, grazie». Entro in casa e siedo di fronte a Pa'. Clara rimane a fumare sulla terrazza. Con la coda dell'occhio vedo il fantasma di lei che asciuga le stoviglie. Guardo Pa'. Lui non mi guarda. Guarda il fantasma. Ha sempre visto solo fantasmi da quando se n'è andata. Anche noi siamo fantasmi per lui. Ci sfioriamo l'uno con l'altro ma non possiamo toccarci, seguiamo orbite distanti, ruotiamo nel buio, in silenzio, siamo ricordi di un tempo già trascorso. Vorrei dirgli che sono Pietro. Sono tornato. Mi alzo e vado verso la credenza. Prendo un bicchiere. Mi risiedo al tavolo, di fronte a Pa'. Riempio il bicchiere di vino. «Salute» dico. Lui finalmente si gira verso di me. Alza il bicchiere. Sorride. Beviamo insieme.

SANDRO

Ho bevuto un bicchiere di vino con Pietro, mio figlio, perché lui è qui, è tornato. Clara lava le stoviglie. Mi sento bene. Sono calmo ora. È tutto più lento, ora. Bruno non c'è. Clara mi ha detto che è andato in paese e che poi torna. Spero che non sia arrabbiato.

«Bruno ce l'ha con me?» ho chiesto a Clara. Ma lei mi assicura di no. Mi dice che voleva solo fare due passi. Intanto bevo un bicchiere con Pietro. Sembra un bravo ragazzo. È mio figlio. I figli non puoi sceglierli ma a me tutto sommato è andata anche bene. Poteva andare peggio. L'ho tirati su quasi da solo, è stata dura ma li ho cresciuti da solo, spesso mi hanno detto ti serve una donna ma io non volevo nessun altro qui, mio padre finché era vivo mi ha detto trovatene un'altra, io te l'ho detto da subito che quella era una poco di buono, l'ho visto subito che era una poco di buono anche tua madre lo pensava, adesso non ti lamentare con me, io sapevo che quella era una poco di buono, fin da subito ti ho detto lasciala perdere quella lì, non fa per te, spera solo che nessuno dei tuoi figli abbia preso da lei.

Ma nessuno di loro ha preso da lei. Li ho tirati su bene. E adesso guarda, si occupano di me che sono vecchio e stanco.

L'altro giorno ho detto a Clara: voglio essere sepolto vicino al fico, quello sulla fascia esposta a sud, dove batte sempre il sole e dove si vede l'alba e il tramonto. E mi raccomando quando raccogliete i fichi dall'albero lasciatene cadere qualcuno, vicino alla tomba, così si addolcisce la terra e chissà che magari il sapore non mi arriva a pizzicare le ossa. E mentre dicevo questo Clara sorrideva. Non l'ho mai toccata, Clara, neanche con un dito. Eppure io lo so che non è una santa. In paese le voci girano. Ma a me non importa. Voglio solo che sia felice, la mia bambina.

«Dov'è Bruno?» chiedo.

«In paese, Pa'» dice Clara.

«Ah già. Quante volte te l'ho chiesto?».

Lei si gira e mi guarda con gli occhi di sua madre. «Tante» dice.

Io rido. «Sono diventato un vecchio rimbambito».

Bevo un sorso, mi passo il vino da una guancia all'altra per sentirne meglio il sapore. Pietro finisce il bicchiere. Prendo la bottiglia e gliene verso ancora un po'. Mi ringrazia con un cenno della testa.

Sento il rumore della motocarriola che risale lo sterrato. «È Bruno!». Mi alzo di scatto, vado verso la porta e esco sulla terrazza.

Appena sente il rumore della motocarriola gli si illuminano gli occhi e si alza e si fionda fuori, sulla terrazza, dicendo «È Bruno». E io ormai non dico più nulla, anche se so che non è lui, che Bruno tornerà forse per cena, forse no. Usciamo anche io e Pietro. Dallo sterrato viene su la motocarriola e dietro c'è Amin, schiena dritta, spalle indietro, come se non sentisse il caldo e la fatica. Vedo che i suoi occhi vagano fra di noi e poi si fermano su di me. I suoi occhi sono il cuore che pompa il mio sangue, il mio corpo cammina e respira solo sotto il suo sguardo. Quando chiude gli occhi il mio cuore si contrae, e si dilata solo quando li riapre per guardarmi. Quando tiene gli occhi chiusi io lo so, lo capisco e allora li chiudo anch'io, vado in letargo. Un sonno di ghiaccio. Se lui ha gli occhi chiusi e io li tengo aperti smetto di respirare, gli arti mi vanno in cancrena. Quello che avanza di me si rintana nel ventre vuoto che mi porto dietro. In quel vuoto posso sopravvivere per qualche tempo.

Pa' scende le scale e si ferma a aspettarlo nel cortile. Amin arriva di fronte a lui con la motocarriola, si ferma, spegne il motore. Anche Pietro scende ma io rimango sulla terrazza, più in alto di loro, e li guardo che parlano.

Pa' mi dà la schiena, ma sento che dice, come se lo dicesse fra sé e sé «Pensavo fosse Bruno». Poi gira attorno alla motocarriola.

«Cos'aveva che non andava?». Ora lo vedo di fronte. La sua faccia si è ricomposta e la sua voce è seria.

«Un problema al carburatore... l'ho sistemato per adesso, ma per ripararlo servono gli attrezzi».

Pa' gli chiede di fargli vedere. Si accucciano entrambi. Intanto Pietro è in piedi e non dice niente e non si muove.

Si rialzano da terra.

«Qui ci sono due cassette di pomodori. Dove sono le altre?» chiede Pa'.

«L'ho portate in garage» dice Pietro. Si lecca le labbra impastate dal vino.

«Fa una cernita» dice Pa' a Amin. «Quelli ancora belli li metti da parte e ce li teniamo noi. Si sono presi tutto il sole di mezzogiorno, non possiamo venderli» dice.

Amin fa segno con la testa di aver capito.

«E mettiti una maglietta» aggiunge Pa'.

Poi guarda Pietro. Sembra misurarlo con gli occhi. Fa un rumore con la bocca come se stesse raccogliendo saliva. Poi volta la testa da una parte e sputa a terra con uno schiocco secco.

«Io e te andiamo a fare un lavoretto nel ruscello. C'è la pompa dell'acqua che non tira bene. La vasca è quasi vuota, e con sto caldo c'è bisogno di bagnare quasi tutti i giorni». Si gratta la testa. Poi mi dice «Clara, trova dei vestiti da lavoro per Pietro. E prendimi il cappello, non mi ricordo dove l'ho messo».

Allora scendo anche io le scale e faccio cenno a Pietro di seguirmi. Amin mi guarda. Pa' non si accorge di nulla, guarda le onde che si piantano dentro le rocce della scogliera.

«Vado a prendermi un altro bicchiere di vino e andiamo» dice al vento.

Pietro fa per dire qualcosa. Amin accende di nuovo la motocarriola. Pietro parla ma le sue parole sono soffocate dallo scoppio del motore. Vedo la sua bocca che si muove senza parole sulle labbra.

MARIA

Sono preoccupata. Non lo vedo arrivare e la badante di solito è precisa e me lo porta sempre alla stessa ora. Vorrei avere la forza di occuparmene io, da sola, senza bisogno di aiuto. Voglio bene a mio fratello. L'ho sempre ammirato. È uno dei pochi con cui riesco a parlare. Lui non parla, ma ascolta sempre quello che dico. Conosce i suoni della mia voce, trova la rabbia e la tristezza nella forma della mia bocca. Ho dovuto prendere una badante. Ormai è grande e per me era difficile fare tutto da sola, occuparmi della casa, occuparmi di me e anche di lui. A vederlo sembra un adulto ma ha bisogno di giocare come un bambino, di correre, muoversi. E poi bisogna che segua una vita regolare, ben scandita, il minimo cambiamento lo innervosisce. Lui non lo fa con cattiveria ma è grande e grosso e non sai cosa può fare, non si rende conto, può succedere che lo tocchi e lui ti tira una manata. Una volta per poco non mi rompeva il naso. Ma non è colpa sua; l'avevo lasciato solo tutta la notte. Ha bisogno di qualcuno che gli stia sempre dietro e purtroppo io non ne sono capace. Ma non mi perdonerei mai se gli succedesse qualcosa.

Bruno intanto non ha quasi toccato cibo. Anche lui è assorto, lontano. Vorrei chiedergli cosa non va ma non mi sembra giornata. Solo non so perché rimane ancora qui. Forse ha bisogno di qualcuno che lo compatisca, ma non mi è mai sembrato il tipo d'uomo a cui piace essere compatito. A guardarlo si capisce che Pietro è suo fratello, anche se sono l'opposto in tutto. Eppure hanno entrambi un segno nello sguardo, una luce triste ma intensa, che li fa sembrare più adulti, una luce che ha qualcosa di animale, di folle, ma una follia che non c'entra niente con i matti, una follia come un fuoco che arde e brucia e gli esce fuori dagli occhi e si capisce che potrebbe bruciare tutto, radere al suolo ogni cosa senza che loro abbiano la forza di controllarlo. Come se fossero capaci di tutto, ma magari senza volerlo.

Una sera Pietro mi aveva chiamato. Stavo per andare a letto, Ico dormiva già. Era agitato e mi aveva detto che voleva vedermi, doveva vedermi subito; e ricordo ancora la sua voce che aveva un tono diverso dal solito, mi ero spaventata, era una voce di lui che non conoscevo e non sapevo cosa voleva dirmi.

«Tra dieci minuti davanti al cancello per entrare nel bosco» aveva detto.

Io avevo provato a chiedergli che succedeva ma lui aveva detto solo «Devo andare. Vieni dal bosco, ti prego» e aveva riattaccato. Era un'estate; non ricordo bene quanti anni fa. C'era luna piena. Uscii in pigiama. Non avevo mutande sotto, solo un paio di pantaloncini corti, di quelli leggeri, e una canottiera senza reggiseno. Nella fretta stavo per uscire scalza. Poi tornai su per le scale e infilai le scarpe, perché l'ultimo pezzo prima del bosco è sterrato. Faceva caldo, ma c'era un filo di brezza marina che aveva un odore dolce e mi passava fra i vestiti, sulla pelle. Correvo, la luce della luna in cristalli notturni, i grilli facevano cantare il buio; costeggiai la rete metallica che recinta il bosco. E sapevo che lui era già lì e aspettava. La sua voce mi ripeteva in testa vieni, ti prego.

Lo vidi. Era attaccato alla rete. Quando mi sentì arrivare si girò, le ombre dei rami nascondevano la sua faccia sotto strati di cenere. Quello sguardo: non di matto, ma di animale braccato, sguardo rosso che brucia tutto quello che tocca. Mi prese per un braccio e spinse il cancello per entrare nel bosco. Mi trascinava come se fossi al guinzaglio, senza dire nulla. E a me piaceva sentire la sua mano forte che mi stringeva il braccio e il mio corpo che seguiva il suo come fosse risucchiato da un gorgo, da un'onda che non sai dove ti schianta.

Ci fermammo in una radura che non riconoscevo. Lui si mise di fronte a me. Eravamo in piedi.

«Che hai?» gli dissi. «Dimmelo, adesso».

Ma lui rimase zitto. Era più buio ora, l'occhio di luna impigliato in un'ossatura di rami e foglie. Restava solo la preghiera dei grilli. Forse una civetta che urlando squarcia la notte. Rimanemmo così per un po', poi lui mi mise le mani sulla schiena tirandomi a sé e mi baciò e le sue labbra dischiuse avevano sapore di sangue, come se si fosse morso il labbro. Presi il suo sangue nella mia bocca. Mi alzò fra le braccia e con delicatezza mi sdraiò a terra. Adesso era sopra di me e baciava il mio corpo. Il suo corpo completamente in ombra, steso contro la luna, la fronte circondata da crateri; non vedevo più i suoi occhi ma sentivo la sua bocca come se coprisse tutto il mio corpo e il suo alito caldo e anche il nostro respiro si unì in preghiera al respiro dei grilli, fino a bruciare.

Poi era seduto di fianco a me. Io sempre distesa provavo a trovare le stelle meno luminose.

«Perché mi hai chiamato?» dissi.

«Volevo vederti».

Sapevo che c'era qualcosa. Ma lui aveva rimesso la corazza, era impenetrabile e anche la luna si rifletteva sul suo petto sudato come fosse di metallo. Non parlai più. Il giorno dopo era tranquillo.

«L'hai visto Pietro?» chiedo.

Bruno alza gli occhi su di me. Il suo sguardo è ancora oltre le mie parole, come se vedesse altre parole che io non so dire.

«L'ho visto». Mi dice con gli occhi di chiedere di più, di farlo parlare.

Suona il citofono. È Enrico, penso. Lo lascio seduto in cucina e vado ad aprire. Al citofono la voce agitata della badante. Apro il portone, spalanco la porta e corro giù per le scale. Enrico mi viene incontro; mi abbraccia. È tutto sporco e sudato e ha un taglio sulla fronte e le mani coi palmi sbucciati.

Lo prendo per il polso e lo trascino fino in casa. La badante che ci segue continua a ripetere scuse. Lei non c'entra. Sono stati dei ragazzini. L'hanno inseguito e lui si è spaventato; ha colpito uno di loro e allora si sono messi a spingerlo e a insultarlo e lei non sapeva che fare.

Quando entriamo in cucina Bruno si alza senza dire nulla. Faccio sciacquare le mani a Enrico, poi lo metto a sedere, vado a prendere un panno nella cassapanca in bagno e lo passo sotto l'acqua. Poi prendo il disinfettante e il cotone e torno in cucina. Si sentono solo i singhiozzi della badante che sta vicino alla finestra e guarda Enrico e dice che non poteva farci nulla, erano in troppi. Le dico che va tutto bene, di stare tranquilla. Faccio a Bruno cenno di prenderle un bicchiere d'acqua. Mi accuccio di fronte a Enrico, con il panno umido gli levo la polvere e il sudore dalla faccia; poi disinfetto il taglio. Lui in tutto questo rimane immobile.

Pensavo al mio dolore e a come potrebbe diventare qualcosa da prendere a pugni fino ad avere le nocche rotte, ma non c'è soluzione. Mi resta dentro e mi tortura, mi tortura perché si muove dentro di me, si rigira nel mio stomaco risale la trachea, può andare dove vuole, certe volte sono sicuro che abbia otto zampe, riesce a toccarmi ovunque allo stesso tempo, in un secondo dilaga, qualche volta striscia fra gli organi e le viscere, di sicuro non si ferma mai, si muove di continuo dentro di me, non è mai fermo, non dorme, non fa che arrampicarsi e strisciare, si arrampica e striscia su e giù aggrappandosi alle ossa e alla cartilagine. «Puttana» dicevano, e il dolore faceva ancora più male a vedere che non si vedeva, che non c'era un dolore davanti agli occhi per dire «Ecco, guardate cosa mi stanno facendo! Per questo ho fatto quello che ho fatto». Ma non potevo dire niente di tutto questo, era solo nella mia testa, ripetevo nella mia testa puttana, mentre loro lo dicevano ad alta voce io ripetevo puttana puttana e anche io alla fine lo dicevo ad alta voce con loro, non potevo trattenermi, puttana maledetta dicevo fra i denti. Deglutivo il suono e lo mandavo giù con la saliva, mentre gli altri stavano seduti a guardarmi masticavo il suono e lo deglutivo. Si accumulava. Una discarica di suoni sangue e bile. Un pantano di suoni sangue e bile. Il mio dolore nato con un cuore di fango. E sono entrato in quella caverna, quel bunker abbandonato dove mio fratello aveva lanciato la prima pietra, e steso per terra ho trovato finalmente il mio dolore che rantolava nell'uomo raggomitolato in stracci. Non mi sembrava un uomo. Era il mio dolore coperto di stracci e sanguinava, perché era ferito e si lamentava con un respiro sibilante che mi faceva scoppiare le orecchie. Era la discarica dentro di me, e fra le rovine di un corpo distrutto, teschi, liquami, ecco l'orrore strisciante nato col cuore di fango, abituato al nero delle interiora e quindi cieco, le zampe che misurano gli spazi, strisciato fuori di me nel buio di quella caverna scura.

Pietro era seduto per terra, nel bosco, e quando mi aveva visto rientrare non aveva detto nulla. Dovevo farlo io. Presi il masso che già lui aveva usato e montai sul corpo steso a terra. Sentivo che diceva «No, ti prego, non farlo». Ma io non potevo fermarmi ormai, anche se piangevo, sentivo le lacrime scendermi sulle guance mentre mi pregava di risparmiarlo. Alzai il masso e lo colpii una volta, piangendo. Poi ancora e ancora e ancora fino a che il masso gocciolava sangue e lui non parlava più, non aveva neanche più una bocca. Non era più uomo. Era davvero il mio dolore sconfitto, ammazzato, sanguinante. E io ero libero. Uscii dalla caverna. Mi resi conto di avere le mani zuppe di sangue e i vestiti e sangue anche sui capelli. Ma dentro di me ero pulito, per la prima volta. Mi fermai davanti a Pietro. Lui guardava ancora gli alberi muoversi, con gli occhi come se non fosse più lì con me.

«Sentivo il suo respiro nelle orecchie» dissi.

Lo ricordo come se fosse oggi. Come se tutta la mia vita fosse compresa in quel breve momento tra l'alzare il masso e dire «Sentivo il suo respiro nelle orecchie».

Ma adesso il tempo è passato. Il dolore ha fatto in tempo a riempirmi di nuovo.

Ho capito questo. Intanto la pasta è sul tavolo. Così aspetto, non so dire cosa, mi sembra di aspettare da una vita, rimani quieto devi avere pazienza, mi dicono sempre. Sei agitato mi dicono, ma io non sono agitato sono fatto così, sono io, non sono fatto per aspettare. Non aspetto nessuno. Non mi ha mai aspettato nessuno. Parla piano, mi dicono, stai calmo e parla piano, non urlare, siediti qui e rimani fermo, rimani zitto, non toccare, tieni giù le mani, non fare un fiato, prenditi quelle luride mani e infilatele su per il culo. Sento la voce di Maria, lontanissima.

«L'hai visto Pietro?» chiede.

Dice Pietro e torno nella grotta, le rocce sono coperte di muschio, respirano buio. Grida di dolore si alzano dal suolo.

«Si l'ho visto» dico. Lei mi osserva. A volte credo che le donne sappiano molto di più di quello che vogliono farci credere. Come se sapessero tutto. Come se vedessero anche quello che non diciamo.

Suona il citofono. Maria si allontana. Poi il rumore della porta aperta. Sarà scesa incontro al fratello. È ora di andare.

Maria entra seguita da Enrico. Lui ha un taglio sulla fronte. La badante entra piangendo e farfuglia qualcosa che non capisco. Mi alzo. Maria mi indica la credenza. Riempio un bicchiere d'acqua per la badante e quando lo prende la mano le trema e rovescia un po' d'acqua per terra.

«Calmati» le dico. «Dimmi cosa è successo».

Non so perché ma non sono più stanco ora. Voglio fare qualcosa. Ho bisogno di fare qualcosa. La badante allarga il petto in un sospiro, beve un sorso d'acqua deglutendo forte. Si morde il labbro. Poi mi racconta del gruppo di ragazzi che ha inseguito Enrico. Mi dice che erano in quattro o cinque. Che l'hanno fermato per strada e lui ha perso il controllo. Che ha tirato uno schiaffo a uno di loro.

Non la lascio neanche finire. Esco dalla cucina e vado verso la porta. Quando la apro sento Maria che mi dice «Che vuoi fare?».

«So chi sono» dico. Lei non risponde. Mi guarda e nei suoi occhi vedo che mi dà il permesso di fare quello che voglio fare. Mi chiudo la porta alle spalle.

Pa' è davanti a me. Raccoglie da terra la manichetta e dice a Clara di aprire l'acqua. La fa scorrere per un po', toccando con le dita per vedere quando viene più fresca. Poi si china in avanti, tenendo il tubo con una mano, e si bagna la testa e il collo. Quando ha finito me lo passa e mi dice di fare lo stesso. Poi Clara chiude l'acqua. Vedo Pa' che tira fuori un fazzoletto di stoffa tutto rovinato e sgualcito; si tampona la fronte, il collo e la faccia. Lo averinfila in tasca e prende il cappello di paglia che aveva lasciato appeso al palo della staccionata. Quando lo mette ricomincia tutto da capo. Non è più malato, non è più un vecchio debole e stanco. È di nuovo mio padre, quello che ricordavo. Le sue mani sono larghe e robuste. Mi guarda con quegli occhi duri. La sua voce non ha più niente di incerto. «Andiamo» dice. E lo seguo di nuovo bambino mentre sale a grandi falcate per il sentiero in mezzo alle fasce, verso il poggio dove da ragazzo mi sdraiavo a guardare solitudini di cielo.

Il sole è alto e la sua luce calda sembra paralizzare ogni cosa in una folle colata di magma: siamo uno stampo per la luce del sole; rimarrà solo un calco di crinali sfondati e picchi e crude scogliere irte di pini: terra di angeli senza nome, divoratori di memoria, gabbiani sospesi nel sogno. Mi hanno raccontato le loro storie. Ho scritto quelle storie sulla mia pelle e sulla pelle di tutti quelli che conosco e che ho conosciuto. Ho ascoltato; poi ho dimenticato tutto. Le loro storie ora sono disegni di carne. Solo questo è rimasto di quello che ho scritto. Cammino dietro a Pa' e intanto la luce del sole squarta tronchi e ingoia e noi siamo invisibili mentre saliamo per il sentiero e quando mi inciampo e per non cadere mi aggrappo a un ramo la mia mano tocca insieme al ramo tutto quello che il ramo nutre, la luce assoluta, luce che strappa via le cortecce, il richiamo di esseri sepolti, lombrichi, crisalidi di creature che partecipano all'antico ciclo vitale di cui noi non facciamo parte. Toccandolo non sono io che tocco ma io che vengo toccato da tutto ciò che mi circonda, una presa che non ha tempo e spazio e il suo peso è il peso degli ulivi che crescono sui pendii erbosi, del mare bollente con zanne di libeccio, della crosta terrestre, delle masse solari. E fra brandelli di stelle e polvere ritrovo le cicatrici misteriose. Capisco che noi siamo solo occhi per riempirci di questo e scomparire.

«Dovrebbe esserci una pala là dal ruscello» dice Pa'.

«Come?».

«Niente».

«Una pala?» dico.

Pa' non risponde. I suoi passi nell'erba quasi non fanno rumore. Attorno a noi le cicale

attento a non venirmi dentro

ci provo

che provi scemo non venirmi dentro e basta

Maria ride le passo un braccio sotto la gamba

hai qualcosa sulla spalla cristo quanto è grosso

ridiamo

no no non fermarti te lo levo io te lo levo io

tolto?

fai piano un attimo ho detto di non fermarti non di andare più veloce era una cicala

sto per venire

Maria geme e mi afferra forte e mi tiene stretto a sé sento un brivido e poi non sono più dentro di lei e mi sdraio nudo sulla terra nuda e rimaniamo zitti per un po' lei mi tiene la mano

non voglio che parti

voglio andare

non andare

Maria sale sopra di me a cavalcioni mi afferra le braccia e le tiene schiacciate a terra

tu non vai

lottiamo per un po' sull'erba e la tocco nuda e i nostri corpi sono sudati e i suoi capelli si incollano alla mia pelle

è di nuovo sopra di me si muove lenta mi bacia

tu non parti dice e ride

intorno a noi faceva caldo e noi eravamo in quel caldo come frammenti di un noi più complesso che cominciava a incrinarsi nell'odore d'erba secca e il suo sapore nella bocca mi dava l'idea che lei fosse mia per intero quando invece non ci apparteniamo mai l'un l'altro ma apparteniamo solo alla terra come gli ulivi e nel sapore di lei c'era qualcosa di terra che mi ricordava tutto questo e mi faceva tremare

Sapevo che se fossi rimasto sarei morto in lei per rinascere come qualcos'altro. Frutta caduta dall'albero. Per questo sono partito. E ora sono di nuovo qui, pronto a diventare frutta.

BRUNO

Le vie sono stranamente vuote. Non c'è suono umano. Solo odore di mare e creste di schiuma che si allungano sulla sabbia. È strano. Da ragazzo d'estate c'era pieno di gente che andava in spiaggia e girava in costume e i negozi erano tutti aperti, c'era odore di pesce fritto e bancarelle in giro per il paese. La gente si fermava a parlare e bere un bicchiere. Ora sembra che il rumore del mare abbia risucchiato ogni cosa. Si sente rintoccare la campana della chiesa. È ancora presto. Forse la gente dopo uscirà. Ma anche se fosse? Non ci sarebbe nessuno con cui parlare. Di cosa bisogna parlare con la gente? Non ho mai capito cosa si aspetta di sentire la gente, è come se volesse sentirti dire delle parole precise, delle frasi precise, che magari però non hanno senso per te in quel momento. Ma tu capisci lo stesso, da come ti guardano, che si aspettano proprio quelle parole e quelle frasi, quelle che tu in quel momento non puoi dire assolutamente, non puoi neanche pensare di pronunciare, soprattutto davanti a loro. E se dici qualcos'altro, se parli senza il loro consenso, allora diventi pericoloso. Si allontanano. Quelle parole che si aspettano da te sono quelle che di solito possono distruggere una conversazione, quel genere di parole o frasi che annienta ogni voglia di conversare. Direbbero tutti «Oggi fa caldo, fa caldo» ma nessuno dice mai quello che veramente vuole dire e io non ho bisogno di dirlo perché devo farlo, solo questo conta adesso. E anche se la piazza fosse piena di gente e le code fuori dalle gelaterie e risa e sulla strada macchine che passano e suoni e rumori di vita, io non vedrei nulla di tutto questo, perché sono tutto teso contro il mio dolore che ha ripreso forma e non vuole lasciarmi andare, mi trascina verso il basso, mi ha uncinato con gli artigli e mi trascina verso il fondo di me stesso, dove ha la sua tana. C'è umido, la sua tana è un sepolcro, ci sono scaffali e mensole sopra cui sono ammassati oggetti e offerte, vasi funerari che conservano le ceneri del Bruno bambino, le ceneri del Bruno passato, le ceneri dell'infanzia. Ci sono scalinate che scendono nell'ombra. Non so cosa vuole da me.

Mentre cammino mi porto dietro il peso della mia tomba. Questo mi fa stare bene. Sapere che ho ancora un peso da portare. Ma non sono pronto per arrivare sul fondo. Non potrei sopportarlo. Non potrei mai. Così mi muovo sempre, come uno squalo, non posso fermarmi, rimarrei schiacciato. Sono ancora nella corrente. La mia voce fra le vie potrebbe avere l'urlo del mare che scoppia contro le scogliere. Sono furente. Brucio di potenza. Sono così forte.

Pa' cammina: la schiena adesso chiazzata di sudore, le grandi mani che in salita spingono sulle cosce per darsi lo slancio. Sento il suo respirare rauco ma regolare. Arriviamo in piano. Facciamo il giro del poggio. Mi volto verso la costa. La luce è densa come una coperta, ma al vento che viene dal mare si alza, s'allunga, scava ombre nell'erba, intrecciandosi ai tronchi dei pini, degli ulivi, addensandosi in pozze chiare; sui ciglioni, da lontano, si vede il verde oscillare nel vuoto dei picchi. Sono voragini, voragini spalancate sull'acqua. E oltre, sempre più lontano, un orizzonte che non è visibile: qualcosa di terrificante, che giunge a noi solo in forma di intuizione e il suo respiro è il respiro della terra: un corpo folle in dimensioni, che muove e risuona nei movimenti e nei suoni della terra stessa.

Riprendo a camminare. Davanti a noi il bosco. Sulla nostra sinistra la valle scende in terrazze fino al greto del ruscello, tutto rocce. Lì si vede solo qualche ulivo, contorto, stretto fra le pietre. Un rivolo d'acqua serpeggia nell'arsura, verso il mare; si accosta ai muri degli orti e alle rare case. Sull'altro versante la collina risale; l'erta solo sulla cima lascia spazio a qualche pino. È tutto come lo ricordavo.

Seguo Pa' che scende le scalette sul lato dei muretti a secco. Non parla più. Ogni tanto borbotta qualcosa fra sé e sé. Scende verso monte, dove il letto del fiume fa una conca e si riesce a tirare su l'acqua per la vasca, per bagnare i campi. Il bosco ci circonda su due lati. Verso nord il terreno si alza, i sentieri sono in salita. È da lì che arriva l'acqua. Da dentro il bosco che nella voce del vento trascina altre voci. Sono bocche aperte nelle cortecce, lingue di foglia. Per quelle voci il tempo sembra non esistere; ci sono tutte, nel verde ferito da scaglie di sole, ci sono le voci che risuonano e si rimescolano alla furia delle cicale. A ogni passo nell'erba i grilli saltano. A ogni passo i grilli scompaiono

prendilo Pietro prendilo dice mamma e la sua voce è la voce dell'aria sulle foglie

prendilo forza che ci riesci

Bruno le tiene la mano e mi guarda e vede mamma che dice prendilo Pietro e anche lui vuole prenderlo e vuole farlo prima di me perché vuole sentire la voce di mamma dire prendilo Bruno e sapere così che anche lui può farlo

il grillo salta e lo perdo nell'erba di sole

e la voce di mia madre nella mia testa dice che ha bisogno di me devo prenderlo

Bruno prova a mollare la mano ma mamma lo trattiene dice lascia fare a Pietro adesso e lui rimane fermo vedo il grillo mi avvicino lentamente e gli metto la mano aperta sopra sento che salta ma rimbalza contro il mio palmo mi volto per cercare gli occhi di mamma e lei non c'è più non c'è nessuno e nessuno dice bravo

Pa' mi guarda. «Datti una svegliata, qui c'è da lavorare» dice, e scuote la testa. «Va a prendere la pala. Sta lì» e indica un mucchio di sabbione da dove spunta il manico.

Rimango zitto con mamma ancora negli occhi e vado a prenderla. Lui è andato già avanti, è proprio sul bordo della conca.

«Porca di una merda. Non c'è un filo d'acqua. Sta a vedere che la pompa si è intasata». Si batte un palmo sulla fronte. Scende giù aggrappandosi a un ramo. Mi fa cenno di seguirlo. «Scava un po' qui» dice.

Io infilo la pala nella terra fradicia, la tiro su e la butto di lato. Mentre scavo mi sento sulla faccia i moscerini, mi ronzano vicino alle orecchie. Sono sempre di più, mi entrano nel naso e li soffio via allargando le narici. Dopo poco ho male alle braccia ma non mi fermo finché lui senza dire nulla si accuccia, prende con due mani il tubo e libera la pompa dal fango. Sento che bestemmia fra i denti.

«Cristo che caldo» borbotta. Mi guarda. Fa un mezzo sorriso e dice una cosa che diceva sempre, una cosa che mentre la dice vedo la sua bocca che la ripete quando ero ragazzo: «E tu non sudi mai... m'ha sempre fatto impressione sta' cosa. Come se non fossi fatto di carne come noi» ripete insieme alle voci che si aggirano nella memoria del bosco. Poi si pulisce la mano sporca di terra sulla camicia e si gratta la barba.

Ritorna a guardare la pompa e io penso che allora non mi ha dimenticato. Sono ancora Pietro, suo figlio, e lui non mi ha dimenticato.

Pa' si alza. È magro. «Merda» dice e tira una manata all'aria per scacciare i moscerini. «Ti entrano pure nel naso. Se li lasci fare ti mangiano da dentro». Sputa per terra. «Se hai voglia saliamo un pezzo nel bosco, giusto per vedere dove si ferma l'acqua».

«Andiamo» dico.

Entriamo fra gli alberi, nel bosco, sempre seguendo il corso asciutto del ruscello. La luce è spezzata dai muti ritmi delle foglie sospese. Le voci si fanno più insistenti; riconosco il lamento di legno e sangue. È un sibilo, ma non di rami persi nel vento. È un fiatare, un rantolare rapido e soffocato. E mi sembra di udire un battito provenire da sotto la terra: l'uomo sepolto mi chiama. È vicino. Pa' cammina inesorabile e io sono sicuro che vada proprio verso quel pulsare selvaggio. Il cuore spinge nel suolo, il suo sangue scorre in arterie di roccia e legno. Vuole farsi trovare. Stringo le mani a pugno. Non posso fermarmi, avanzo fra i tronchi, gli occhi su Pa' che vorrebbero dirgli: fermati, ti prego.

E lui si ferma davvero; quando parla non c'è più nessuno nel bosco. «Ecco perché. Era crollata una parte di riva» dice.

Chiudo gli occhi. Prendo un respiro. Quando li riapro mi aspetto di trovarlo lì, la testa che sporge da un tronco, e il suo cuore che batte ancora sotto la terra e lui fermo che mi guarda con occhi pieni di terra e apre la bocca. Ma non c'è nulla; solo alberi rotti dalla luce. E Pa' che dice «Dobbiamo scavare».

BRUNO

A volte penso che non c'è speranza. Non c'è speranza per nessuno di noi. Non possiamo fare nulla. A volte penso questo e mi sento male, dentro sono legato per i polsi e per il collo, sono legato a un palo di legno che mi esce dal cranio, ma non sono morto, rimango con gli occhi spalancati e ascolto la mia fine. A volte penso che siamo fatti per essere come statue, i piccioni ci si posano sopra e noi rimaniamo lì, come scemi, incrostati di merda, il sole ci mangia la faccia. Il tempo passa e noi siamo senza naso, le braccia si crepano. E dopo il tempo che Dio ha deciso siamo polvere. E siamo così tanti che prima o poi la polvere ricoprirà ogni cosa, strati su strati di polvere che sommergono le nostre città e paralizzano gli oceani, oscurano il cielo. Anche io respiro quelli che prima erano uomini e donne e adesso non sono altro che polvere. Solo allora possiamo muoverci ma non siamo noi, è il vento che ci alza e ci sposta e ci posa dove capita e l'acqua che scorrendo ci trascina via. E questo mi fa incazzare più di tutto. Questo sentire nelle ossa che posso essere spazzato via in qualunque momento senza poter fare nulla di quello che voglio fare. E poi cosa voglio fare? Nelle mie ossa è come se avessi già accettato di essere spazzato via, tutti quelli che incontro hanno l'odore di chi ha già accettato di essere spazzato via, è naturale per loro, li vedo camminare per strada e perdere pezzi, un pulviscolo impercettibile che si alza dalla pelle, loro non vedono ma io sì, camminano seguiti da una scia di distruzione.

Altre volte penso invece che l'unico modo di combattere contro tutto questo è combattere contro sé stessi, anche se non so bene cosa vuol dire. Ma non c'è nulla da combattere fuori di me quindi mi sembra giusto così. L'unico modo per battersi è battersi dal didentro. Lottare in sé stessi. E allora sì che si riesce a sanguinare. Se sei sempre in guerra dentro di te, fuori non ti possono toccare. Nessuno può farti nulla. Ci sei solo tu e quello che hai dentro che non sono solo budella e tendini e altre cose così. C'è di più, c'è di più credo. Perché sennò non saremmo fatti a immagine e somiglianza di Dio, come dicevano sempre in chiesa, o al catechismo quando ero bambino. E allora penso che forse tutti quei coglioni che parlano e parlano dai pulpiti e dicono di prendere il corpo di Cristo il sangue di Cristo hanno ragione.

Non sono mai stato un tipo religioso, quello no. Però a volte penso questo. Penso che prendere in bocca un corpo è una cosa come per dire «Hai qualcuno dentro di te e lo devi combattere per rimanere te e non lasciare che lui ti prenda». Anche se così sembra che Cristo sia il nemico. Ma se è un nemico che mi permette di combattere qualcosa allora mi è utile davvero, se invece rimane lì anche lui fisso sulla croce non serve a nulla, giusto?

Comunque ci sono cose di cui uno non dovrebbe parlare. Non serve a nulla parlare. In questo io e Pietro ci assomigliamo. Lui è uno che non parla quasi mai. Se ne sta sempre zitto. È per questo che ho sempre pensato che è più intelligente di me. Lui è uno che sta sempre tranquillo e zitto ma io lo so che anche lui dentro lotta per qualcosa di grande. E forse ha qualcosa di così grande dentro che non riesce a parlare. Ma io sono suo fratello. Con me dovrebbe parlare. Sono anche io come lui ma è come se lui non volesse ammetterlo. È come se non volesse vicino nessuno. Io per questo l'ho sempre ammirato.

Un gabbiano tira un grido. Lo vedo. È alto nel cielo terso e va verso il mare lentamente, contro vento, sembra crocifisso nell'azzurro e la luce lo schiaccia tutto al suolo. Le sue ali sono cristalli bianchi, rimarrà per sempre sopra di me, volando, fino a quando le nostre ombre si confonderanno. Allora cadremo l'uno verso l'altro e uno dei due dovrà soccombere.

Svolto in un vicolo ombroso. Arrivo al parco. I ragazzi sono seduti sotto un piccolo gazebo di legno fatiscente, fumano e ridono. Per qualche secondo rimango fermo a guardarli. È come se fossimo rimasti solo noi al mondo. Come se tutto il resto fosse scomparso e siamo solo noi, i miei occhi su di loro che mi portano avanti e sanno quello che devo fare e loro che fumano e ridono e non sanno nulla. Alzo gli occhi al cielo. Il gabbiano è sparito. Penso che il cielo l'ha ingoiato. Penso che il cielo o il mare, o magari cielo e mare insieme, un giorno ci ingoieranno tutti, e allora tutto questo sembrerà non essere mai successo.

ENRICO

Io corro in camera e chiudo la porta perché così gridano piano, batto i pugni sulla testa per dirgli di smettere ma non ascoltano mai e allora batto più forte così tolgo le grida dalla testa. Poi Maria viene da me e mi prende le mani per i polsi dicendo «Smettila. Ora basta». Ma le grida non escono dalla testa perché mamma e papà sono chiusi lì dentro dove non posso toccarli e mamma ripete «Io non ce la faccio così, non ce la faccio» e Maria mi tiene fra le braccia e mi dice parole piano nelle orecchie.

«Sei ubriaca» dice papà. E mamma grida.

Maria spegne la luce e mi sparisce dagli occhi, trovo l'immagine di lei nella sua voce, mi parla piano alle orecchie, è tutto buio e la sua voce sprofonda nel mio respiro. Mamma e papà non possono cancellare il mio respiro, sono lontani, impigliati nel cielo, Maria mi tocca con le mani e mamma e papà hanno solo il suono della mia testa, sono intrappolati fra la mia testa e il cielo e non possono toccarmi. Li guardo con gli occhi dentro la testa e li ascolto con le orecchie dentro la testa ma non possono toccarmi. E ripetono le stesse cose urlando e Maria dice «Stanno giocando, non devi piangere». Poi nel buio ci stendiamo uno vicino all'altro. Poi Maria diventa ancora qualcos'altro, qualcosa che respira lentamente e non fa nessun altro suono e non ha più parole da dirmi e allora mi viene paura ma basta che mi stringo contro di lei per sentire il suo odore e essere sicuro che è ancora con me, vicina.

«Stiamo giocando. Pietro non è cattivo» dice. Pietro sta nella casa coi muri bianchi. Nella casa coi muri bianchi ci sta anche Clara. Anche Bruno sta nella casa coi muri bianchi. La casa coi muri bianchi è un posto dove tutti possono andare per stare con gli altri e io sto con Clara che mi fa sentire la sua pelle sotto il vestito e dice «Bravo, così» e intanto la sua faccia è rossa e io ho imparato come farle dire più volte «Bravo, così» e lo dice sempre diverso con la sua voce che crolla e la sua bocca aperta e la lingua ha il colore delle prugne che la aiuto a raccogliere. La sua lingua non ha il nocciolo, il nocciolo non devi mangiarlo ma la sua lingua non ha il duro dentro e si può mangiare.

Maria mi prende la mano e insieme camminiamo verso la casa coi muri bianchi. I gabbiani ci seguono ma la pioggia dal cielo gli morde le ali, quando scende pioggia dal cielo non ci sono gabbiani. I gabbiani gridano perché la pioggia dal cielo si posa sulle loro ali e le strappa. Voglio essere un gabbiano per abitare i movimenti del cielo da solo, quando c'è luce. Voglio sparire quando piove. Il gabbiano ha il becco per lottare con la pioggia. Ha le ali per girare sopra l'orizzonte e gli artigli per scavare nelle nuvole, fa sanguinare le nuvole per cercare il buio. Nel buio Maria mi tocca i capelli.

«Alzati» dice Bruno. «Sei una puttana» grida. «Sei una puttana». E Clara mi guarda poi nasconde gli occhi nell'erba, che è più bassa perché la schiacciamo con la pelle. I suoi capelli fanno un respiro sull'erba.

Bruno le viene vicino e la spinge per terra e lei rimane ferma. La sua faccia sorride per Bruno. Ha le dita perse nell'erba.

«Sta giù... rimani sdraiata puttana» dice Bruno. Clara ride con la bocca piena di luce. Bruno gira gli occhi. La sua ombra copre la mia ombra nell'erba.

Sento la voce di Maria che arriva dal verde di cicale sopra di me. La vedo che scende correndo e dietro di lei c'è Pietro.

«Fermi. Basta» dice Maria.

Bruno non parla. Rimane immobile a guardare Clara. Anche la sua ombra è sotto quella di Bruno. Bruno è gigante. Pietro aiuta Clara a alzarsi.

«Lo sai che ha fatto?» dice Bruno. «Lo sai?».

Pietro lo guarda, poi guarda Clara.

«Lo sai che ha fatto?» dice Bruno e si muove su Clara, alza le braccia.

«Fermati Bruno» dice Maria. «Fermo» dice.

Pietro afferra Bruno e lo spinge all'indietro e lo prende e lo tiene. Le loro ombre sono un'unica ombra che spinge nel sole. Clara mi guarda. Ascolto le sue gambe che si alzano nell'erba, i capelli decidono la forma del vento.

«Portalo via» dice Pietro. «Andate via».

Maria mi prende per mano e andiamo giù per la strada, tengo le dita chiuse su quello che Clara mi ha dato. La polvere ha il suono delle nuvole che cadono. Bruno si allontana e Pietro fermo lo guarda. Clara, spezzata dai rami, la sua pelle di terra che si mischia alla terra.

PIETRO

I muscoli delle braccia mi bruciano e il sudore adesso mi cola dalla fronte sugli occhi ma continuo a scavare; i suoi occhi seguono il movimento delle mie braccia. Ora non ci sono più voci, solo un ronzio nelle tempie e moscerini che mi si appiccicano alla pelle. Vicino al corso d'acqua il suolo è umido e la terra pesante.

«Di solito questi lavori li fa Bruno. Io non ho più l'età. Ma tu mica ti devi ammazzare di fatica, se vuoi ti do un po' di cambio».

Scuoto la testa. La schiena e le spalle sono sempre più rigide.

«Comunque ci siamo quasi. Dacci ancora due botte lì e poi abbiamo finito».

Mi fermo un attimo. Mi appoggio alla pala. Tiro indietro le spalle e allargo il petto per prendere fiato. Guardo il cielo squarciato da rami di luce. Sempre tenendo la pala con una mano mi chino in avanti per sciogliere la schiena. Pa' è andato più a monte, dove il rivolo d'acqua non è intorbidato dalla terra che smuovo.

Lo vedo che appoggia il cappello di paglia a terra, sull'erba. Prende dalla tasca il fazzoletto di panno, allunga la mano e lo immerge nell'acqua; si alza, lo strizza e se lo stende sulla nuca. Poi riprende il cappello, calcandoselo sulla fronte. Viene verso di me. Dalla camicia slacciata le ossa delle clavicole spingono contro la pelle. Il petto ampio e il busto magro, segnato dalle costole. Io riprendo a scavare. Lui si ferma; scruta la riva.

«Secondo me va bene così» dice. Mi viene faccia a faccia e la luce gli passa sul viso sfiorandogli gli occhi. «Sei stato bravo». Mi mette una mano sulla spalla e sento il peso di quella mano come fosse la terra umida che ho appena alzato. Adesso mi guarda davvero, non senza vedermi, e nei suoi occhi mi vedo riflesso io, non più bambino, ma uomo ormai, con la barba crespa attorno alla bocca e i capelli neri nelle sue pupille nere. Un ramo si muove di vento: una lama di luce gli cade sugli occhi: abbassa lo sguardo e si volta a guardare la riva.

Avrei voluto che mi guardasse così fin dall'inizio e trattenere il suo sguardo per rimanere uomo, per essere sicuro di quello che sono.

Con mamma era diverso. Nei suoi occhi io ero uomo prima di essere bambino; e da uomo non ho mai potuto essere bambino nei suoi occhi perché lei è andata via. Non ha fatto in tempo a vedermi uomo bambino.

I suoi occhi erano sempre umidi di pianto. Piangeva di sera quando tutti erano a letto; si metteva seduta in cucina, al piano di sotto. Pa' è sempre andato a letto presto. Lei rimaneva sola in cucina a lavare e sistemare e poi si metteva seduta e piangeva col respiro e con gli occhi. Ma più col respiro; io la sentivo: respirava forte, come se l'aria non le bastasse. Scendevo le scale e le scale scricchiolavano sotto i miei piedi e lei sapeva che io arrivavo, sempre. Arrivavo dalla porta scorrevole della cucina e mi mettevo in un angolo, a guardarla. Era il mio voler custodire il suo pianto, conservarlo, tenerlo solo per me come una cosa che non poteva essere compresa da nessun'altro. Solo io potevo vederla piangere e nel suo pianto ero più vicino a lei di quanto mi permettesse di solito. Lei mi guardava e lo capiva; si concedeva al mio sguardo per dividere quel respiro spezzato con qualcuno che respirasse con lei, per lei. In quei momenti sapevo che era tutta per me; nessuno l'aveva avuta in quel modo, perché solo piangendo nei suoi occhi vedevo il fondo di qualcosa che altrimenti rimaneva nascosto. Restavo lì, sulla porta; non mi muovevo per paura di rompere quel non detto fra noi che era più di tutto quello che mi avesse mai detto: lì sulla porta il mio corpo era suo, respiravo dentro di lei per non farla soffocare.

Poi se n'è andata. E Clara diceva «Perché la mamma se n'è andata? Era triste la mamma?». E Bruno invece piangeva ma non potevo aiutarlo perché per lui piangere era battere i pugni sul muro dalla vergogna. E Pa' invece si era sepolto nel suo lavoro, nella sua terra. Si era scavato una fossa, un buco dove non vedere più nulla. Non sapevamo come tirarlo fuori, avevamo tutti paura di finirci dentro.

«Che pensi?». La voce di Pa' mi scuote come se fossero le sue mani sulle mie spalle.

«Niente».

«Sei sempre stato uno zitto. Non abbiamo mai parlato molto, io e te» e lo dice come se fosse un dato di fatto, non come una domanda.

«Non c'era molto da dirsi».

«Forse hai ragione» dice. «Come va la schiena?».

«Bene».

«Bene» ripete. Mi guarda. «Prendi la pala, ce ne torniamo a casa».

«Io mi sa che mi fermo qui ancora un po'. Faccio due passi».

Pa' sporge il labbro di sotto e tende la pelle della fronte. Allarga le braccia, dice: «Come ti pare. Io scendo, ci vediamo dopo». Fa per prendere il manico della pala che ho appoggiato a un tronco.

«La porto giù io» dico.

Mi guarda negli occhi.

«Non preoccuparti, ci penso io».

«Lasciala dal sabbione, va bene?».

Faccio cenno di aver capito con la testa.

Lo seguo con lo sguardo mentre scende agilmente giù per il sentiero. Arriva dalla recinzione. Per un istante mi sembra stia per voltarsi. Poi sparisce salendo su, fra le terrazze coltivate.

Li guardo allontanarsi su per la collina: Pa' davanti e Pietro che lo segue con gli occhi bassi, la testa china. Sento Amin che in garage rovista fra gli attrezzi per aggiustare la motocarriola.

C'è odore di onde sfibrate nell'aria, sulla faccia arriva il pizzico del salino.

Ho fatto un sogno stanotte. Ero ragazza. Ero sul bordo di una scogliera, avanzavo lungo uno sperone di roccia verso il vuoto, le onde crescevano sotto di me in enormi corpi d'acqua, la roccia tremava e la schiuma bianca si piegava sui massi e schizzava in cielo. Io stavo lì, tutta tesa verso il canto brutale, quasi in punta di piedi; ma non potevo cadere. Ero nuda. E l'acqua non mi incollava solo le palpebre ma mi passava sulla pelle, fra le cosce e sui seni, mi sporgevo, il vento mi portava via il respiro dalle narici. Facevo l'amore con l'abisso.

Chiudevo gli occhi. Il mare si ritirava scoprendo i fondali, relitti incrostati di alghe e coralli, sapevo cosa sarebbe successo. L'onda arrivava con il rumore delle bestie impazzite sulle colline, volo di gabbiani, un boato d'orrore chiuso nell'orizzonte. Pochi secondi. Mi passava attraverso e spazzava via quello che ero, sradicava alberi e sgretolava rocce secolari, nessuno poteva salvarsi, nessuno gridava, e quando aprivo gli occhi non c'era più nulla. Non c'erano scogli. Nessun rumore. Solo io, sospesa nell'acqua e l'acqua mi entrava nella gola e non potevo più deglutire; e respirare era respirare acqua che bruciava nei polmoni, la sabbia si depositava fra le ossa, la carne si squagliava, fino a quando anche io ero acqua e allora mi avvolgevo nelle onde e c'era solo silenzio.

Ogni cosa era ferma. Ogni cosa immersa nel respiro nell'acqua, senza morire.

Vagavo in granelli fra onde e rovine. Mi accumulavo, giorno dopo giorno, conoscendo diverse forme di me stessa. Poi qualcosa ha iniziato a spingere e allora io sapevo che dovevo uscire da quel buio per raggiungere la follia di un buio peggiore, e la follia di un buio peggiore era la follia del mio vuoto, la solitudine del mio vuoto, il disastro del mio grembo, lo spazio dove galleggiano le forme di me che potevano essere, o quelle che ancora devono venire al mondo. Non volevo, ma non potevo stendermi per nuotare verso il basso, dovevo rimanere raccolta in me stessa e quella forza che era la forza stessa dell'eterno mare spingeva: alla fine nascevo dall'acqua e rompevo la superficie; con la testa verso l'alto respiravo un'aria nuova. Solo i miei occhi vivevano, il mio corpo non aveva più peso; con gli occhi mi tenevo a galla, cercavo la terra, i crinali, le rocce spioventi e terribili, senza trovarli. C'era solo acqua e un rumore di corrente che si sposta, di corrente sotterranea.

Il mio corpo vuoto non voleva più nulla perché solo il mio guardare viveva e nello sguardo vedevo altri corpi sommersi, e le terre verticali, le case, i palazzi, le montagne, tutto era sotto di me. Tutto doveva ancora nascere.

Sotto di me avevo il mondo, per intero, subacqueo; il mondo che respirava.

Mi volto verso il garage. Amin sta lì, con una chiave inglese in mano. È di nuovo a torso nudo e guardo la cicatrice che gli attraversa il petto. La sua bocca non parla ma i suoi occhi dicono di venire. Vieni, dice senza dirlo. Vieni.

E io mi muovo verso il garage. So cosa vuole.

BRUNO

È tutto questo pensare che ci frega, tutto questo tempo che abbiamo per pensare. Una volta si lavorava e poi si moriva, ti alzavi all'alba e ti rompevi la schiena nei campi, la donna ti portava da bere e da mangiare, rimanevi nei campi fino a sera, il giorno dopo ricominciavi, poi ricominciavi ancora, poi un giorno non riuscivi più ad alzarti dal letto. Vedevi lo spettro di tuo padre. Vedevi lo spettro di tua madre. Vedevi gli spettri dei tuoi fratelli e sorelle. La donna ti posava una pezza fredda sulla fronte e aspettava la tua morte, i figli aspettavano la tua morte. Non c'era storia. Adesso invece tutti pensano, tutti vogliono pensare. Vorrei dire qualcosa ma non so come dirla. Questo voglio dire: uno pensa perché vuole dire delle cose, ma il mondo si divide in quelli che pensano e quelli che fanno, ci sono quelli che pensano e quelli che fanno, ognuno di noi sa se è uno o l'altro. Quelli che pensano devono parlare, mentre quelli che fanno devono stare zitti, ascoltare e eseguire, per loro è proibito pensare, bisogna impedire a quelli che fanno di pensare, è meglio per gli altri e per loro stessi. È pensare che ti fa rimanere fermo a subire. È pensare che ti castra. Vorrei non pensare. Quando c'è da fare qualcosa vorrei farlo e basta, perché è da fare. Perché ho bisogno di farlo. Se voglio fottere non devo pensare a Clara o a mia madre. Devo fottere e basta, solo questo conta.

Quei ragazzini li guardo e penso che potrei parlare con loro e fargli capire. E mentre penso questo mi prudono le mani e vorrei solo andare lì e prenderne uno, anche due, e ammazzarli di botte spaccargli le braccia e le gambe e rompergli la testa contro il marciapiede. Questo vorrei e il mio pensare invece dice che non posso, non sei una bestia, ma io nel sangue so di essere una bestia, voglio prendere qualcosa con la forza. Non c'è niente che ha valore se qualcuno può usare la forza e qualcuno no, se quello è punito e l'altro no. Non c'è giustizia, non c'è bene o male, giriamo in cerchio attorno al sacrificio, siamo bestie danzanti, l'orrore ci appartiene. Siamo tutte bestie sporche e violente. Si può stuprare e mordere e girare nudi per la strada. Vedo una donna, la voglio la prendo e nessuno può dirmi niente, mi possono sfidare, quello sì, possono attaccarmi, ma devono rischiare la vita. Devono sapere che possono perdere tutto, se decidono di attaccare non si torna indietro, è all'ultimo sangue. Sono in pericolo, sempre, ogni secondo. Io non lo so che cosa ha davvero valore. La terra, la terra che sudo ha valore. La terra che lavoro tutti i giorni e che prende la mia fatica. E tu Bruno, mi dico, tu vali come la terra che sudi? Ma non trovo risposta a questo. Forse non la voglio trovare.

Penso al mio sudore che entra nel suolo, scende, scende fino a dove arrivano le radici più profonde. Questo vuol dire che una parte di me è già sepolta lì sotto e lì sotto ci sono tanti come me. Anche il mio dolore coperto di stracci è lì con me, gli insetti hanno spolpato la sua carcassa e ora lo scheletro affiora dal suolo vestito di bianco. Mi chiama, mi chiama sempre.

A volte penso che è per questo che voglio portarmi un dolore sempre dietro. Perché senza, io non ho valore. Quello che sudo nella terra, la mia fatica, tutto di me rimane sepolto con le ossa dell'uomo coperto di stracci. Ora mi porto dietro il suo dolore e il mio, siamo una cosa sola. Mi sembra come se volessi morire, ci provo ma alla fine mi va sempre tutto bene. Con altro sangue posso lavare quello versato. Così vago rabbioso cercando lo scontro, devo bagnare le mani nel dolore di qualcuno.

Sono davanti a loro. Sono ancora seduti e fumano, ma rimangono in silenzio per qualche istante e mi osservano.

Poi uno dice «Tu che vuoi?» e allunga il collo, muovendo il mento verso di me. Quello che ha parlato è il più grosso.

«Sei muto?» dice sempre lo stesso.

Io lo guardo fisso negli occhi. Cerco il mio dolore nelle sue pupille.

«Abbiamo beccato un altro ritardato» dice quello alla sua destra. Ridono.

Mi muovo verso di loro con calma, lo sguardo fisso negli occhi di quello grosso. Smette solo lui di ridere. Quando gli sono a un palmo nei suoi occhi vedo paura, gliela sento nel respiro, passa sempre troppo veloce quel momento. Quando la mia mano chiusa raggiunge la sua bocca anche gli altri non ridono più.

Il suono delle sue labbra rotte sotto le mie nocche è un suono minimo. La testa gli si gira di lato. Non sembra più tanto grosso adesso che è sotto il mio pugno e la sua faccia sanguina dalla bocca e un rivolo di bava rossa gli scende sul mento che prima aveva sporto per dirmi «Che vuoi?».

Adesso lo sa, che voglio. E nei suoi occhi vedo che non farà resistenza. Non vedo più niente all'infuori di lui. Lo prendo e lo alzo per la maglietta. La maglietta si strappa. Lo prendo dietro il collo con una mano e lo spingo fuori dal gazebo. Fa qualche passo all'indietro e cade sbattendo la testa. Gli si mozza il respiro. Mi muovo verso di lui, sempre con calma ma deciso. Gli monto sopra e provo a vedere se nei suoi occhi adesso c'è il mio dolore. Trovo ancora la paura, non capisce, non oppone resistenza, è completamente mio. Devi scaricare addosso tutta la violenza di cui sei capace nel minor tempo possibile, non sono abituati, spesso si pisciano nei pantaloni. Gli tiro una botta sulla faccia, con la mano piatta. Si sente un ciocco. Vedo che fatica a tenere gli occhi aperti. Non c'è nulla che mi serve in quegli occhi. Comincio a tirargli una manata dopo l'altra, sul volto, e dentro mi risuona la voce con cui dissi «Sentivo il suo respiro nelle orecchie».

Poi lui chiude gli occhi. Io mi fermo. Non c'è più niente da prendere, penso. E mi fermo. Sono ancora sopra di lui. Qualcuno mi tocca sulle spalle e mi tira indietro. Mi alzo con i pugni chiusi e la faccia pronta a incassare. Davanti a me ci sono due ragazzini. Sono quelli di prima? Vedo che hanno gli occhi sbarrati e quando mi alzo si accucciano a terra con le mani sopra la testa. Non sento quello che dicono. Mi giro verso quello steso a terra, la testa piegata di lato e un grumo di sangue scuro gli si gonfia sulla bocca. È solo un ragazzo. Sembra minuscolo così steso per terra, le gambe molli. Faccio per chinarmi su di lui. Alza le braccia come per tenermi lontano. Ho il cuore nelle tempie. Prendo un respiro lungo, di petto. Chiudo gli occhi. Mi allontano.

Mi sembra quasi uno normale mentre sta lì a scavare col sudore che finalmente gli fa la fronte lucida e ogni tanto tira su col naso per la fatica. Io intanto guardo e penso che c'è ancora molto da fare. Bisogna vedere se l'acqua scende fino alla conca, sempre che poi si riesca a riempire. Bisogna ricollegare la pompa per vedere se riesce a pescare l'acqua o magari si è intasata e allora serve smontarla, levare la roba incastrata dentro, rimontarla. E soprattutto penso che se non piove nei prossimi giorni siamo tutti fottuti.

A Pietro gli dico che va bene così, tanto poi ci vuole Bruno. Gli dico «Torniamocene a casa». E lui ecco che se ne esce con sta cosa di rimanere solo a fare due passi. Ma due passi dove? Fa un caldo che si crepa e ti entra nella gola e quello pensa a fare due passi in mezzo al bosco. A volte mi viene da credere che è un po' scemo magari, come quell'altro ragazzo, quello che non parla. A volte credo che ho messo al mondo un figlio scemo. E mi guarda con quegli occhi che se lo trovassi a boccheggiare in un secchio pieno di sogliole o saraghi o che so io, non sarebbe diverso. O almeno non mi stupirei più di tanto. La pala la riporta lui. Bene. Allora prendo il sentiero di buon passo e penso già a quanti bicchieri mi tocca buttare giù per dimenticare 'sta giornata infame. Sento i suoi occhi che mi seguono giù fra gli alberi nella luce, come se mi dicesse di girarmi, me lo fa capire col peso dei suoi occhi. Mi dice «Girati Pa'» ma io non ho voglia e aumento il passo, svolto verso i terrazzamenti.

Salgo su per le scale di pietra che ho posato con le mie mani. Solo in salita, giuro su Dio, solo in salita mi riesce di capire che sto invecchiando. Il petto mi si stringe dopo pochi scalini, e ho la fatica che mi preme sulle spalle. Quante volte ho fatto queste scale? I miei occhi scorrono sui muretti a secco che ordinano la terra in fasce. Ogni fascia ha sentito il peso delle mie braccia. Tutta la terra che c'è qui ha l'odore della mia fatica, tutti quelli che camminano sulla mia terra calpestano quello che ero, l'odore della mia fatica, calpestano la mia fronte sudata e le mie braccia e le mie gambe. Questo è quello che sono, mi dico. Sono la mia fatica. Sono questi muretti che tengono su l'intera collina. Sono le zolle smosse e i filari ormai quasi vuoti di pomodori e l'erba secca stretta in mucchi per essere bruciata. Sono ovunque, sparso per questa collina, la mia fatica è la fatica della terra. Piantare e raccogliere, le stagioni passano, c'è freddo poi caldo, io pianto e raccolgo, cade la pioggia, c'è puzza di marcio, l'erba cresce la strappo e cresce ancora, brucio pianto e raccolgo, la gente va e viene, torna poi scompare come nulla fosse ma io sono sempre qua, mi sputo sulle mani e traccio i solchi con la zappa, sposto blocchi di terra, la notte riposo e nel sogno trovo gli ulivi che bevono il mio sudore.

Fa troppo caldo per lavorare. Mi tocco la fronte col palmo. Scotta. Comincia con un bruciare dentro la testa e vorrei gridare aiuto ma non so più gridare, non so più di avere una voce. E rivedo quei volti senza nome, mormorano parole d'autunno che mi si posano sulle labbra e mi entrano in bocca. Sono volti di gente che cammina nei sogni, con le spalle in ombra e monete sugli occhi. Polli in una gabbia di luce. Olive scrollate dai rami cadono a terra. Neve nella bocca e il cuscino sudato, una mano mi accarezza i capelli incollati alla fronte. Sulle dita l'odore del fango. Ora passa, lavati le mani e vieni a tavola, lavati la faccia e vieni a tavola, vieni a tavola, non alzarti fino a quando non ti dico alzati, non ancora, te lo dico io quando puoi alzarti da tavola. Mi guardano senza sapere chi sono. «Sono Sandro» dico. «Sono Sandro». Ma loro non capiscono e continuano a muovere le loro bocche per darmi nomi che non conosco.

Le mie gambe hanno smesso di muoversi. Sono in cima alla collina. Ho il sole sulla testa. Il bruciore adesso è quasi piacevole, come quando ti prendi una bella sbronza e la testa è leggera che sembra sospesa nell'aria. Così mi siedo sul bordo di un muretto, le gambe ciondoloni. Mi viene da ridere, non so il perché. Le labbra mi si piegano. Che hai da ridere, vecchio? mi dico. Ma non rispondo. Guardo gli ultimi pomodori. Me li tengo dentro agli occhi, ancora belli rossi. Ho sete ma non so dove andare. Mi manca la saliva in bocca. Aspetto. Non ho paura. Mi sento bene. Non ho più roteare di volti dentro gli occhi. Solo pomodori. E il cielo, azzurro sfatto di luce. Come se qualcuno ha zappato l'azzurro e rivoltandolo come terra è uscita la luce dall'azzurro compatto. Scalcio coi piedi, colpendo il muretto col tallone. Prima un piede poi l'altro, a ritmo. Viene quasi voglia di saltare giù. La terra sembra così morbida.

Aspetto ancora qualche istante da quando è scomparso. Nel bosco le cicale hanno un suono diverso, molto più forte, come se dilagasse, come se il loro raschiare riempisse ogni spazio nell'afa già stagnante di foglie e tronchi, le loro ali raschiano le une sulle altre, si mangiano a vicenda, raschiano via il silenzio del cielo e riempiono ogni spazio, costruiscono un suono e lo distruggono, costruiscono più suoni e li distruggono. Il bosco è un cimitero di suoni, le cicale hanno ali che uccidono il respiro, mi muovo a fatica, invischiato fra suoni e tremito d'ombre, nel bosco il mio corpo è solo, non ho ali sulla pelle. Solo l'aria che a tratti erompe dal fogliame mi lascia un po' di sollievo. Afferro la pala e seguendo il ruscello mi incammino nel folto. Più mi addentro più la voce mi risuona nel cranio ma dice parole che non riesco ancora a distinguere, il suo parlare è un mormorio, il teschio pieno di cicale, non ci sono parole che affiorano su labbra ma il suono di ali che costruiscono e distruggono. Non ha più la faccia, le labbra ormai polvere di terra; per questo mi parla nei suoni del bosco.

Mi racconta la stessa storia che anche io conosco. Comincia con un grido. Il rumore del cranio sfondato sotto la pietra: un rumore di un grosso ramo spezzato di netto. Io seduto, il bosco mi si muove negli occhi. Bruno arriva e dice «Sentivo il suo respiro nelle orecchie». Bruno gronda sangue e nei suoi occhi un vuoto che non riesco a sopportare.

Ricordo bene la strada. La quercia schiacciata dall'edera. Un canneto lungo la riva che si fa più scoscesa. Alzo il volto per cercare il respiro e trovo la montagna che guarda. Sa ogni cosa, ha visto il male che abbiamo fatto. Non giudica. Ha occhi mutevoli, sparsi ovunque lungo le rive, si aprono e si chiudono fra l'intreccio degli alberi. Seguono le trasformazioni impercettibili, quelle forme tremende che nascendo sono già qualcos'altro.

C'è un'ampia scarpata che cresce spezzando la linea del pendio. Nella pietra trovo il passaggio. Mi avvicino. Sull'entrata della grotta, riverso contro la roccia nuda, è cresciuto un fitto cespo di rovi; alzo la pala e colpisco di taglio fino a quando non c'è abbastanza spazio per passare, accostato alla roccia, e mi trovo nell'antro

un grido e corro dentro col buio sugli occhi dicendo Bruno Bruno

e un freddo lungo la schiena e ricordo Pa' una sera lo avevo visto seduto con la testa fra le mani aveva litigato con Bruno e gli dissi Bruno ha gli stessi occhi di mamma e Pa' aveva alzato lo sguardo come dire ripetilo e allora io avevo detto ancora Bruno ha gli stessi occhi di mamma

allora Pa' si era sporto verso di me e mi aveva detto in un fiato come se avesse paura di non riuscire a finire quello voleva dire aveva detto devi prenderti cura di tuo fratello devi badare a lui promettimelo

e avevo visto il suo petto che si alzava e si abbassava veloce e mi aveva fatto paura vederlo così lui che era sempre stato duro nel corpo e il suo corpo non aveva mai tremato

avevo fatto sì con la testa e lui allora si era voltato dall'altra parte senza più guardarmi negli occhi come se si vergognasse di qualcosa che io non potevo capire

un grido e correndo scontro qualcosa e sento la voce di Bruno sulla faccia che mi dice c'è qualcosa nel buio e vedo nel buio in fondo alla grotta una forma più scura del buio che avanza verso di noi e fa per prendere Bruno e lo vuole afferrare come se lo volesse strappare da me per portarlo sotto vuole scavare per portarlo sotto dove il buio è scolpito nel ghiaccio e la grotta mastica c'è il rumore del ghiaccio che si scioglie e la grotta mastica le ombre dimenticate allora afferro una pietra

Bruno mi stringe la carne del braccio fino a farmi male e io lo scosto di lato con la spalla e colpisco e colpisco fino a quando l'ombra è a terra e ansima allora lascio cadere la pietra ai miei piedi prendo Bruno che ora è dietro di me e lo spingo fuori dalla notte di roccia

La grotta è vuota. C'è odore di bestia e di feci; forse è diventata la tana di qualche animale. Senza volerlo le mani mi si stringono attorno al manico della pala. Non vado fino in fondo; ritorno sui miei passi, mi appoggio con la mano alla parete umida di muschio, passo attraverso i rovi. Quando sono fuori capisco che ho trattenuto il respiro. La luce scalda la faccia. Allento la presa sul manico

andiamo gli dico e mi incammino

lui non si muove

ascolta

mi volto

aveva il viso proteso verso l'entrata della grotta

ci sta dicendo qualcosa

mi accorgo che le mie mani tremano chiudo gli occhi e raccolgo l'aria nei polmoni

c'è odore di terra

guarda come tremi dice Bruno

mi avvicino e lo colpisco sulla faccia a mano aperta con tutta la forza che ho

lui si piega su sé stesso poi striscia fino a un tronco e si rannicchia con lo sguardo nel bosco

anche io mi lascio cadere

restiamo così per un tempo che non ricordo ma mi sembra lunghissimo

poi Bruno si alza senza dire nulla lo vedo entrare nella grotta

esce qualche minuto dopo si pianta davanti a me con le braccia lungo i fianchi

ha le mani e i pantaloni sporchi di sangue

sentivo il suo respiro nelle orecchie dice

lo dice con una voce che non è la sua ho paura a guardarlo negli occhi lo guardo e nei suoi occhi non c'è più nulla

Prendo la via che mi conduce dall'uomo che morto ascolta scorrere l'acqua. Trovo subito il posto. È vicino al ruscello, un centinaio di metri oltre il picco dove si apre la grotta. Una radura stretta fra grossi alberi. Nessuna traccia è rimasta, il suolo è coperto da erbacce e sterpi, è un posto qualunque, una radura uguale alle altre. Mi metto a scavare in quel punto, strappando e scavando anche con le braccia dure e le spalle indolenzite, la terra è secca, mi aiuto col piede per far affondare la pala. Non c'è bisogno di andare molto a fondo. Mi fermo; qualcosa affiora dai grumi di terra. Mi accuccio sulle gambe, guardo da vicino: è un osso, incrostato di polvere. Mi alzo, riprendo la pala e continuo a scavare. Le cicale si muovono fra gli alberi, si posano sulle cortecce, hanno le ali pesanti bagnate dal sole. A ogni badilata scopro altre ossa. Cado in ginocchio. Le ossa sono lì, ai miei piedi, uno scheletro intero, il teschio aggrovigliato in radici sottili. Nelle orecchie ho la sua voce che prega, una voce che non ho mai sentito da viva ma che da morta risuona in me sempre; un suono bassissimo, profondo, le ossa battono su di me e io sono la pelle di un tamburo e fra le mie costole il suono si propaga anche fuori di me, vuole far sapere a tutti che è colpa mia, che quelle ossa sono sepolte anche dentro di me e vogliono venire fuori in ogni momento e io invece le tengo dentro con le mani ho un taglio nel ventre e devo tenermi dentro le interiora, ma nessuno mi aiuta, nessuno mi ricuce, e così vago con le interiora fra le mani, disperato, distrutto, e so che l'unico modo di trovare la pace è lasciarlo uscire da me, per rimanere sepolto per sempre vicino al ruscello, ascoltando l'acqua che scorre, le mie braccia allacciate al suo scheletro, gli occhi che guardano attraverso il cranio vuoto. Siamo l'uno nell'altro, due corpi saldati insieme, le sue ossa mi entrano nella pelle.

Quando Bruno esce i suoi occhi toccano i miei e capisco che forse dovrei fermarlo, ma penso a Enrico che è come un bambino e quei ragazzi l'hanno picchiato. Seguo Bruno con lo sguardo giù per le scale. Sento il portone che si apre. Il portone che si chiude.

Dentro, la badante si è calmata.

«Bevi ancora un po' d'acqua. Se vuoi puoi restare ancora un po', poi quando vuoi andartene vai pure, per oggi resto io con lui» dico.

Lei sorride, abbassa lo sguardo, si volta verso la finestra.

Mi chino davanti a Ico. «Come stai fratellone?». Con una mano gli accarezzo la guancia ispida di barba. Lui non mi guarda neanche, anzi scosta la testa e io mi sento come se l'avessi abbandonato, mi sta dicendo che l'ho abbandonato, l'ho lasciato andare da solo, lo lascio sempre solo. Era spaventato e mi cercava e io non c'ero, stavo a casa, non sapevo che era in pericolo, mentre gli facevano del male non sapevo che gli stavano facendo del male. Non ho sentito nulla, non ho capito che aveva bisogno di me, eravamo lontani ma io dovevo capire che aveva bisogno di me, sono l'unica persona che si preoccupa per lui, si fida di me e io l'ho tradito, ho tradito la sua fiducia. Pensiamo di essere legati in qualche modo alle persone che amiamo ma in realtà non c'è nessun legame, non abbiamo niente in comune con nessuno, siamo soli e basta. Crediamo di capire ma capiamo quello che appartiene anche a noi, cerchiamo in loro parti di noi, li facciamo a pezzi nella testa e ci portiamo via quelle parti di loro che ci servono per sopravvivere, il resto rimane senza senso, non c'è nessun legame, non c'è nulla di nulla. E mi prende una rabbia dentro che vorrei gridare e vedere Bruno che li prende tutti a pugni fino a che non guaiscono di dolore come cani. Mi passo una mano fra i capelli. Ico non si muove, gli occhi fissi sul pavimento.

«Prendo la lametta e la schiuma e ti faccio la barba» dico.

Vado in bagno e dal mobile in alto tiro fuori una lametta nuova e la schiuma da barba. Poi dal cassetto sotto il lavandino prendo un panno pulito. Torno in cucina e li lascio sul tavolo.

«Vuoi una mano?» mi chiede la badante.

«No, faccio io, grazie».

Prendo da sotto il lavandino la bacinella. Lascio scorrere l'acqua qualche secondo e quando tocco col dito che è tiepida la riempio; poi anche quella la poso sul tavolo. Avvicino una sedia e mi metto di fronte a Ico.

«Visto cosa ho preso... la schiuma. Non ti piace più, la schiuma?». Lui non si muove.

Gli passo le mani sul viso e dolcemente lo giro verso di me così che mi guardi in faccia.

Immergo il panno nell'acqua. Lo strizzo. Con una mano gli tengo il viso dritto e con l'altra gli passo il panno umido sulle guance.

Mi spruzzo un po' di schiuma sulla mano destra, poi con due mani gliela spalmo sulle guance e sul mento. Sopra le labbra la stendo con le dita.

«Sei tutto bianco» dico ridendo. Adesso lo vedo dagli occhi che non è più offeso e sulla pelle la schiuma gli dà una sensazione di fresco. Vedo subito che con la lingua ne lecca un poco dalle labbra.

«Lo sai che non si mangia» faccio con una voce mezza seria. Lui aggrotta la fronte e mi mostra la lingua.

«Ora attento». E appena levo il cappuccio alla lametta lui alza le sopracciglia e tende la faccia, con gli occhi sbarrati come se si stesse sforzando. Gli tengo una mano sotto il mento e con l'altra gli passo la lametta sul viso.

«Rilassati, su. Giuro che 'sta volta non ti faccio neanche un taglietto».

Ma solo dopo che ho finito una guancia la sua pelle ritorna distesa. Sciacquo la lametta nella bacinella. Lui chiude gli occhi. Con una mano sulla fronte, per tenergli la testa all'indietro, finisco di radergli il collo.

ENRICO

Non siamo più andati alla casa coi muri bianchi.

«Quelli sono gente strana» dice mamma. «Basta vedere che ha fatto la madre e si capisce già tutto».

C'è la luce che le scava la faccia e mamma sembra un ulivo dalla corteccia rovinata.

«Non sai nulla».

«Maria non cominciare. Stasera non ho voglia» dice papà mentre mastica.

Maria non risponde. Apro la bocca e dalla gola mi esce qualcosa di detto a metà.

Maria si volta verso di me. «Scusa Ico, hai ragione».

«Puliscigli la bocca, non vedi come sbava?» dice mamma. La sua faccia è del colore rosso di quello che ha nel bicchiere. Maria non risponde e mi pulisce la bocca. Papà mastica, la sua ombra dentro al muro. Ma la sua ombra non mastica, non ha faccia, non ha respiro, però muove le braccia nel muro.

Mamma guarda Maria. Mamma ha la faccia di vetro rosso, gonfia nel vetro rosso. «Io l'ho sempre detto che sono strani».

«Certo».

«Smettetela» dice papà.

«Ti dico che me lo ricordo».

«Con quello che bevi è già tanto se ti ricordi come ti chiami» dice Maria.

Mamma allunga il braccio di scatto e colpisce Maria sulla guancia forte che la sua testa si gira verso di me. Una lacrima le scende sulla bocca. Stringe i denti.

Mamma si alza e prende il bicchiere e scompare nel buio del corridoio. Le nostre ombre quando andiamo a dormire rimangono a dormire nel buio del corridoio. Papà non mastica più e guarda in giro. Guarda Maria che mi dice «Va tutto bene Ico, stai calmo. Non piangere». E allora io fermo il respiro che suonava fuori di me e torno al respiro che rimane dentro nascosto.

Vedo sempre la casa coi muri bianchi dalla finestra e la montagna che guarda che ascolta tutto quello che diciamo a volte respira anche lei se apro la finestra il suo respiro soffia nell'aria che viene dall'alto e soffia nelle porte e le fa sbattere e mamma strilla «C'è corrente».

È notte e trovo Clara nella mia testa che mi dice «Vieni» e allora mi alzo. Maria è nel suo letto e la coperta la cancella dalla stanza ma io so che lei è nel letto lo stesso. Questo è dormire. Anche mamma e papà sono chiusi nel loro dormire. Clara mi chiama con gli occhi, Clara è l'ombra che ho deciso di tenere nella testa. Si può avere solo un'ombra nella testa. Non ho paura perché vedo Clara negli occhi che mi dice «Vieni», fa segno con la sua piccola mano, e so che devo proteggerla dalle cose grandi come il respiro della montagna che guarda che potrebbe trascinarla via, lontano da me. Il buio grida perché non ha occhi per vedere. «È la civetta» dice Maria. Nel becco della civetta il buio grida. Maria parla in un altro buio quando siamo chiusi in camera e dalla finestra la civetta squarcia la tenda del buio. Ma ora Maria è muta e la civetta si posa su alberi di fumo nero, si nasconde e la notte la chiama con parole sempre uguali, gli alberi crollano e crescono a ogni silenzio, il colore della loro estate è scomparso, non fanno rumore quando muoiono. Anche la montagna che guarda ha chiuso gli occhi, ha la nuca posata in cielo e le ombre che la abitano scivolano verso il basso. La luna è il didentro il buio, l'occhio spento del sole, si alza dall'acqua e nell'acqua lascia cadere il suo sguardo rosso.

Cammino col silenzio fra le labbra e sono quasi dalla casa coi muri bianchi ma trovo l'ombra di Pietro che mi parla coi suoi contorni e scende dal nero e afferra qualcosa che quando riprende a camminare fa parte della sua ombra. Dietro di lui non posso far rumore perché il mio rumore scompare sotto il rumore dei suoi passi, i miei passi scavalcano il colore della luna che si sposta sull'erba. E anche l'ombra di Pietro lo sa perché cammina veloce senza peso su per la collina. Poi scendiamo la collina dall'altra parte. Sento l'odore del ruscello e i piedi di Pietro che entrano nel bosco, fino a una radura schiacciata dai ricordi degli alberi. C'è anche Bruno e sento che bisbigliano cose che non posso sentire. Dietro un tronco ascolto le bocche invisibili, si parlano nella mia testa. Vedo che tutti e due hanno ombre più lunghe che scavano nel nero un buco ancora più nero e ansimano nella notte. L'occhio spento di sole asciuga il buio dai loro volti, sono loro ma hanno la fronte sfondata di luce. È la luna che usa le loro facce per vedere più da vicino, per vedere sotto l'erba, sotto la pelle. Alzano qualcosa che non respira come noi, e la luna lo lascia cadere nella buca senza guardare. Poi ancora il fiato dalle loro bocche, sono fermo sul loro ansimare e la luna mi copre la testa e la luce incide i ricordi degli alberi in alberi di luna. I loro corpi sono corpi di alberi. Il corpo sottoterra invece è una foglia che la pioggia forte scioglie nel nulla.

Poi qualcosa mi prende e mi trascina verso il basso, l'erba mi passa sugli occhi e trovo la terra con le mani, voglio avere la forma della foglia sciolta nella pioggia, il corpo buio sottoterra è la foglia sciolta persa dal dolore di un ramo bianco, cado con un peso sopra, faccio spazio al respiro per urlare, ma dalla gola non esce niente perché una mano mi tappa la bocca e mi schiaccia la testa al suolo.

«Brutto scemo» dice Bruno e lo ripete, e nell'orecchio mi dice «Stavo per ammazzarti».

Pietro è dietro, in piedi, la sua faccia si nasconde nelle spalle di Bruno.

«Lo scemo ci spiava, capito? Ha visto tutto. Voleva farsi ammazzare» dice Bruno, la sua voce è l'ombra rossa dell'occhio spento di sole.

«Calmati adesso».

«Mi calmo, mi calmo».

«Fagli segno di stare zitto» dice Pietro.

Bruno si mette un dito sul naso. La pressione della sua mano fa uscire aria dalla mia gola, si posa sulle sue dita.

«Non è successo niente» dice Bruno. Leva piano la mano dalla mia bocca. Io allora provo a piangere.

Bruno spalanca gli occhi, si carica la faccia d'ombre e fa per mettermi di nuovo le mani davanti alla bocca. Allora soffoco il pianto, tossisco e rimango zitto per terra.

«Levati» dice Pietro. Bruno si alza da sopra di me. Pietro mi prende per le braccia. «Vieni, su». Mi alzo. Lui mi guarda da vicino. «Adesso facciamo così. Torniamo nel piazzale e lo facciamo gridare. Facciamo finta che ci ha svegliato. Poi tu te ne torni a letto come se non fosse successo niente e io lo accompagno a casa».

Bruno non risponde.

«Hai capito?».

«Sì».

Pietro si muove e mi tiene per mano. Sento i passi di Bruno dietro di me. Camminiamo tutti e tre nel buio. Non ho paura.

BRUNO

Sono in passeggiata. Non so come ci sono arrivato. Tengo le mani sulla ringhiera. I miei occhi guardano la follia dei frangenti che si schiacciano contro la sabbia. Adesso il mare è grosso. Non è mareggiata, ma è grosso davvero come non lo vedevo da tempo. Di solito d'estate non viene così, ma è il vento, il vento che viene da sud, dall'Africa, dalle terre calde e violente bagnate dal sangue. È un vento che trascina cadaveri con le onde, i corpi di tutti quelli che hanno provato a fuggire. Vengono qui a chiedere asilo, a chiedere perdono, a chiedere speranza, quando noi siamo disperati come loro, ma senza la forza di spargere sangue per cambiare le cose, non abbiamo la forza di fare nulla, non vogliamo spargere sangue perché non ne siamo capaci, abbiamo dimenticato cosa vuol dire l'orrore, cosa vuol dire cambiare le cose, stiamo marcendo, una miriade di corpi in putrefazione che aprono le bocche e blaterano, spalancano le bocche e blaterano senza fare niente. Dicono spargiamo sangue, cambiamo le cose e nessuno fa niente, dicono ammazziamo rovesciamo il potere, e nessuno fa niente, non sanno che vuol dire ammazzare e rovesciare il potere, l'hanno letto, l'hanno studiato, ma non sanno che vuol dire ammazzare e rovesciare il potere. Siamo disperati e crocifissi, con il nostro pensare e pensare che ci tiene inchiodati a noi stessi, siamo piegati in due, piegati in parti uguali, simmetriche, e poi inchiodati da parte a parte, non abbiamo la forza di fare nient'altro che guardare il mare gonfiarsi di corpi. Aspetto. Aspetto che arrivino i cadaveri neri portati dalle onde del mare caldo, onde alte e lunghe di libeccio che non lasciano scampo. Aspetto di vedere le spiagge cosparse di corpi. Bambini, donne, uomini, vecchi, spiagge di cadaveri neri, infiorati di schiuma, che finiscono di sanguinare sulle nostre rive. Sono cadaveri come noi, ma loro lo sanno. E allora noi tappiamo gli occhi ai bambini, i bambini non possono vedere certe cose, dicono, dobbiamo proteggerli, e poi ci tappiamo gli occhi l'un l'altro, nessuno dovrebbe vedere certe cose, dicono, dovrebbero rimanere al largo, morire al largo, dovrebbero mettere delle reti per proteggere la costa dai cadaveri, delle reti che raccolgono i corpi e non li fanno arrivare a riva, niente deve arrivare a riva, la sabbia deve essere pulita, lucente, i bambini devono fare la pista per le biglie, devono riempire i secchielli.

Scendo in spiaggia. Perché non c'è nessuno? Perché gli ombrelloni sono vuoti, gli stabilimenti sono vuoti, il paese intero è vuoto? Non ci sono ragazzi che fanno il bagno? Non ci sono i vecchi che in piazza giocano a carte all'ombra?

Scendo in spiaggia e mi spoglio. Dal mare emergono spaventose ossature, pinne dorsali nervate di bianco. Prendo il tempo. L'onda cresce, poi cade e la sabbia viene scura. Uno, due, e corro, l'acqua tocca la mia pelle bollente. Faccio fatica ad avanzare, l'acqua è più alta, le mie gambe spariscono nella schiuma. Corro alzando le ginocchia, spingendo forte coi piedi sulla sabbia bagnata che mi fa affondare fino alle caviglie. L'onda cresce davanti a me, si piega sulla mia testa e cresce, la schiuma mi pizzica le cosce, la corrente mi porta dentro, nel fresco dell'abisso, in un qualcosa che forse somiglia vagamente alla morte, come se fossi anche io cadavere. Voglio diventare anche io cadavere nero trasportato dal libeccio. E allora mi lascio cadere sotto l'onda, proprio prima che si stia per chiudere, mi lascio andare nel risucchio e il mio corpo entra, sopra di me il peso dell'onda che chiude i denti al suolo. Entro come ho imparato da piccolo, senza fare resistenza, abbandonandomi alla forza mostruosa. Riconoscendo quella forza. Rispettandola. Mi abbandono e riemergo oltre, verso l'orizzonte. E lì, nel delirio del mare, il mio dolore è il dolore di tutti quei cadaveri che sono rimasti intrappolati nell'acqua, incagliati sui fondali rocciosi, schiacciati dalla lamiera delle navi, dilaniati dai pesci e cosparsi di alghe e molluschi. Tutto è dimenticato. In quel delirio sembra come morire. Ed è bello. E sorrido.

SANDRO

Sono sdraiato per terra fra i pomodori e non riesco più a alzarmi. Penso a quando mi seppelliranno sotto il fico. Le mie mani, i miei piedi e tutta la pellaccia dura che ho addosso non ci saranno più, se li saranno mangiati la terra e i lombrichi. Ma io dove vado a finire dopo? Ci sono o non ci sono? Che faccio se mi tocca stare sotto quel fico per sempre e intanto riesco a pensare «Sono sotto il fico». Sarebbe un bel problema se riuscissi a pensare sono sotto il fico anche da morto, perché un conto è pensarlo quando sei vivo, e se ti stufi puoi spostarti, puoi andare via, lontano dal fico, mentre se sei morto stai fermo sotto il fico a pensare sono sotto il fico nei secoli dei secoli. Chissà quando e se ti potrai spostare. Non sono così sicuro di voler vedere quello stesso fico nei secoli dei secoli. Mi sa che finirei col diventare matto, anche se ora non mi viene in mente nessuna alternativa, non riesco a trovare proprio nulla che vorrei vedere nei secoli dei secoli. E poi anche il fatto che parte del mio corpo andrà nella terra e la terra se la mangia l'albero e l'albero fa i fichi e i fichi poi se li mangia qualcuno. Mi sa che non voglio rischiare di finire nello stomaco di qualcuno. Bisogna che dico a Clara che ho cambiato idea. Anche adesso che sono mezzo affondato fra i pomodori e a stare qui fermo mi sento quasi sepolto. È questo che mi ha dato da pensare. Stare steso qui mezzo sepolto mi ha fatto pensare che magari uno rimane sottoterra ancora a pensare e gli tocca stare lì fermo per chissà quanto, senza potersi muovere.

Potrei gridare, cercare aiuto, provare a strisciare fino al sentiero. Ma ora sono stanco. Preferisco starmene qui ancora un po'. I filari di pomodori mi fanno ombra, si sta bene, qui avvolti dalla terra. Ancora per un po', magari mi faccio un pisolino. Magari non mi sveglio più. Dolore non ne sento. Magari così mi evito pure la fatica di morire col dolore appiccicato addosso.

CLARA

Mi ha preso senza baciarmi. Sono arrivata al garage e mi ha girato di schiena, mi ha alzato il vestito. Ho sentito la sua mano premere contro la mia schiena, contro le ossa, scendere fino ai glutei, con un dito tirare via le mutande. La mano è ritornata sulla schiena e poi fra le natiche. Mi sono appoggiata alla motocarriola rotta, al cassone, con entrambe le mani. Ho sentito che si è slacciato i pantaloni e poi mi ha penetrato. Ho buttato fuori tutta l'aria e dentro di me per un istante è rimasto solo lui, dentro di me, mi ha riempito totalmente, mi toccava fino alla punta delle dita, mi toccava ovunque, sulle labbra, le clavicole la schiena, dietro alle ginocchia, i gomiti, le orecchie. Poi ha cominciato a spingere, mi schiacciava il ventre contro il metallo del cassone, e anche se era dietro di me io lo sentivo come il mare nel mio sogno che prendeva tutto il mio corpo ed era attorno a me e mi avvolgeva, respiravo solo attraverso lui, non potevo tornare a galla, i miei movimenti erano i suoi movimenti e io potevo solo guardare il mondo sotto di me, sott'acqua, che respirava. Le sue mani mi stringevano la carne dei glutei, mi tenevano il collo e mi tiravano per le spalle, mi tenevano il collo per impedirmi di uscire al di fuori di lui, mi costringeva a condividere il suo respiro. Avevo anche io la sua cicatrice, e vedevo la sua cicatrice, che era la mia cicatrice, era la cicatrice di noi tutti, la porta fiero sul petto perché lui è un guerriero. Arriva da dove la vita non vale nulla, conosce il dolore della carne marchiata, il dolore della solitudine sotto un cielo di sangue. La sua pelle è chiusa in un'armatura di metallo e dolore, la sua cicatrice è una corazza di metallo e dolore che lo protegge da tutto, il mio corpo fa fatica, il mio ventre si comprime fra il metallo del cassone e il metallo della sua corazza. E la sua cicatrice è la cicatrice del mondo, dalla quale il mondo respira, perde sangue e respira e si purifica, la sua cicatrice è l'eterno orgasmo di un mondo che riesce a respirare anche quando noi siamo tutti finiti, morti, senza suono sott'acqua, fra onde colossali che ci schiacciano come bolle d'aria. Non sono più vuota, non sono più inutile.

Poi non mi volto. Sento che è di fianco a me. Non ha parlato, non una parola e questo mi fa stare bene. Riprende a aggiustare la motocarriola. Mi tiro su le mutande, mi raddrizzo, mi sistemo il vestito, con la mano mi passo i capelli dietro alle orecchie. Fra le cosce sento ancora caldo, le gambe mi tremano. Ritorno a respirare normalmente.

«Vado in giù a fare la spesa» dico.

Lui alza gli occhi su di me. Guardo la sua cicatrice. Fa un cenno con la testa.

Esco dal bosco e torno nella valle battuta dal sole, con la pala in una mano. Costeggio la recinzione. Ricordo il sentiero che usavo quando ero ragazzo. Tagliava per una riva e sbucava alle spalle della casa, senza passare in salita fra le fasce. Sono calmo. La voce delle ossa è un bisbiglio che viene dalle nervature delle foglie, lascio cadere quel suono dai rami più alti, rimane intrappolato nel vento. Ci sono solo io, che da ragazzo prendo il sentiero per tornare a casa. Sono già tornato ma continuo a tornare e tornare a casa, come se non fossi mai riuscito davvero a partire; come se non riuscissi a tornare, come se partire e tornare fossero la stessa cosa, quando parti in realtà torni e quando torni parti ma in realtà parti e torni e nella testa hai sempre lo stesso luogo, l'unico luogo possibile per te, lo tieni con te durante il viaggio, è tutto quello che hai, un luogo che conosci alla perfezione e che ti porti sempre dietro. L'erba è folta ma facendomi strada con la pala trovo un passaggio. Gli steli mi solleticano le cosce e i grilli riprendono a saltare seguendo il ritmo dei miei passi, rimbalzandomi contro le gambe, sfregano le antenne, aprono le ali vibrando. Attorno a me ogni cosa bruciata di sole; non c'è più morte, ma una vita disperata, antica e disperata, che scorre come sangue e quel sangue è fatto di grilli e erba e cicale, scorre sotto rocce annerite dal fumo dei roghi. È il sangue degli ulivi con tronchi arroventati pronti a schiantarsi al suolo, foglie acuminate e lucenti che tagliano i raggi di un cielo di carne, spellato e senza ombre. Cala una notte di cenere e luce in cui si può nascondere tutto. Lì sono conservate le nostre morti, ci aspettano, una morte su misura per ognuno di noi, intagliata già dal principio, durante la prima estate del mondo.

Esco dal sentiero e faccio il giro sul davanti della casa. Incontro gli occhi neri di Amin che mi passano attraverso. I suoi occhi non sono capaci di vedermi, vede la pala che porto ma non vede me, per lui sono solo la pala che porto.

«Cerco Sandro» dice.

«Non l'hai visto scendere?».

«No».

«Sei rimasto in cortile?».

«Sì».

«Non l'hai visto?».

«No».

Lascio cadere la pala e prendo di corsa il sentiero dell'andata, verso il poggio. Alle mie spalle sento i passi di Amin che mi segue.

«Prova a fare il giro dall'altra parte» dico senza voltarmi.

Amin scompare fra gli ulivi, sulla destra del poggio, e io comincio a chiamarlo, a chiamare mio padre.

Sono stato uno stupido, l'ho lasciato andare perché aveva le mani grandi che sulle spalle avevano il peso di quando non era malato. Le sue mani mi hanno ingannato. Ma in faccia, nelle rughe del volto è vecchio e malato, la sua malattia è tutta nella faccia e nelle rughe del volto, fossilizzata nelle ombre che scava il cappello, nidi di malattia agli angoli della bocca e degli occhi e sulla fronte sporgente. Sono tornato per questo, mi dico, sono tornato per la sua malattia e l'ho dimenticato. È malato anche con le mani grandi e io l'ho dimenticato.

Così mi trovo a chiamare mio padre nel sole che lento si infossa fra i crinali, scende dal cielo in un giallo ancora più crudo: luce di corrente elettrica che accende i pendii, fino agli ultimi pini allacciati coi tronchi ai dirupi. Ogni cosa esplosa di sole. Alla mia voce rispondono solo cicale: un ronzio inesauribile, che stritola la luce fino a tenderla, come la corda di uno strumento che produce sempre lo stesso suono.

Poi mi fermo. Sento un grugnito. Mi sporgo dal muretto verso i filari. Lo vedo, Pa': è disteso per terra, magrissimo, all'ombra delle canne intrecciate di foglie. Sembra uno scheletro stanco, che riposa. Sembra una strana radice consunta, rattrappita, che rompe le zolle in cerca di acqua. Per un secondo vedo il suo corpo che si attorciglia alle canne in spirali. La pelle verde, con una leggera peluria, come una pianta di pomodoro.

E per un secondo penso di lasciarlo lì, disteso, dove il suo corpo si confonde nella terra che ha lavorato. Ma è solo un secondo, poi dico «Pa'». Allora lui punta i gomiti al suolo; e con uno sforzo che sono sicuro non riuscirà a sopportare alza il petto e poi il capo. I suoi occhi guardano verso l'alto e il suo volto prende un'aria offesa, come se l'avessi disturbato, e dice: «Che fai lì impalato ragazzo? Dammi una mano».

Non faccio neanche in tempo a rispondere.

«Muoviti. Veloce, Cristo di un Dio».

SANDRO

È sempre lì imbambolato che guarda e vorrei gridargli che c'hai sempre da guardare? Fa qualcosa. Svegliati. Non puoi stare fermo a guardare tutta la vita, non puoi guardare e basta, una donna lo può fare ma un uomo non è un uomo se guarda e basta. È l'odore, la donna ha l'odore del sesso sia quando si muove sia quando è ferma ma l'uomo solo quando si muove, se è fermo dopo un po' puzza di marcio, vuol dire che è pronto a morire.

Ha la faccia girata verso di me e il sole gli batte da dietro. Lo seguo con gli occhi mentre fa il giro, ma il primo che sbuca lungo la fascia è quell'altro, il negro. Sempre senza maglietta. Mi viene vicino e non lo lascio neanche parlare.

«Dove l'hai ficcata la maglietta?» gli dico.

E lui mi guarda con quegli occhi da negro testardo, come se mi volesse mollare uno scapaccione lì sul posto ma io mica mi intimorisco, non abbasso gli occhi e lo fisso con aria di dire «Allora?».

Pietro spunta da dietro le sue spalle. A me non mi considerano, mi trattano come se fossi un vecchio rincoglionito e si parlano fra loro.

«Io sono qui, se magari mi aiutate ad alzarmi» dico.

E Pietro fa una faccia come se fosse caduto dalle nuvole e in due mi si mettono di fianco. Mi afferrano per le spalle e mi tirano su. Appena appoggio il piede per terra sento un dolore come un chiodo che mi si pianta nella caviglia e tiro una bestemmia. Loro mi riappoggiano a terra e rimango seduto.

«Mi sa che s'è slogato la caviglia» dice il negro.

«La caviglia?».

Sì, la caviglia, vorrei dire, la caviglia Pietro, mi fa un male che non ti sto neanche a spiegare e tu con quegli occhi da pesce mi fissi e balbetti al negro qualcosa e lui dice ancora sì, la caviglia.

«E come lo portiamo a casa?».

«Guardate che io c'ho male alla caviglia ma le orecchie mi funzionano bene. Non c'è bisogno che mi trattate come un bambino».

«Da dove sei caduto Pa'?».

«Dal muretto, credo».

«Puoi camminare?» mi chiede Pietro.

L'altro sta zitto.

«Non s'è capito?» rispondo.

«Lo portiamo in spalletta» dice il negro.

Pietro fa segno di sì con la testa. Si china su di me come se volesse pigliarmi di peso.

«Che fai, che fai?» gli dico. «Se mi prendi te è capace che casco di nuovo e tu mi vieni dietro».

Pietro tira su la schiena. Poi guardo il negro che fa per prendermi lui, senza maglietta, con quella cicatrice sul petto che sembra abbiano provato a strappargli il cuore.

«Fermi un attimo. Lasciatemi respirare un secondo».

Guardo i pochi pomodori che penzolano ancora fra i filari.

«Pietro ce la fai a portarmi in spalla?» gli chiedo. Lui annuisce.

Guardo il negro. «Tu cerca se c'è una cassetta. Dovrebbe essercene qualcuna alla fine della terrazza, sotto un telo di plastica».

Vedo il suo busto scuro senza maglietta che passa in mezzo alle piante, spezzato dal verde dei fusti piegati contro le canne di bambù. Poco dopo torna con una cassetta di legno.

«Raccogli gli ultimi pomodori e poi ce ne andiamo tutti a casa» dico.

Quando ha finito mi alzano di nuovo su per le spalle. Stringo i denti per il dolore. Pietro mi prende da sotto le gambe e piano piano ci incamminiamo verso casa.

CLARA

Suono al citofono e mi risponde Maria. Mi apre. Salgo le scale. Maria è sulla soglia, ha il volto serio e negli occhi una luce più dura. La ricordavo diversa, penso.

«Scusa se ti disturbo».

«Nessun disturbo» dice, ma non mi sembra convinta. Rimane ferma sulla soglia. Siamo una di fronte all'altra e le guardo le piccole rughe attorno agli occhi e alla bocca, quasi impercettibili. E penso che anche lei forse mi vede così. Stiamo invecchiando e non ce ne rendiamo conto.

Nei suoi occhi c'è una domanda che non osa pronunciare, ma so che vorrebbe. Poi sembra decidersi, sulle labbra sento le prime parole, timide, come se avesse paura di farmi un torto.

«Sta bene? Cioè l'hai trovato...».

«Sì, l'ho trovato bene. È un po' stanco per il viaggio. Appena è arrivato, Bruno ha subito dato spettacolo. Comunque sta bene».

«Io...».

«Se vuoi te lo saluto».

«Sì, digli che lo saluto» dice Maria abbassando lo sguardo sullo zerbino.

Rimaniamo in silenzio qualche secondo. Gli occhi di lei ancora bassi che ricordano qualcosa che io non conosco.

Chissà come lo ricorda. È mio fratello ma a volte penso che forse solo lei lo conosce davvero. Però ora è diverso. Ha conosciuto quello che era e adesso si trova davanti qualcuno che è un'altra persona. L'ha perso. Conosciamo persone e poi le perdiamo continuamente, non facciamo in tempo a conoscerle che sono già perse. Lei e mio fratello possono decidere di vivere per quello che erano, non glielo può impedire nessuno.

«Scusami, entra» dice poi rialzando il viso. Posso quasi vedere i ricordi che le sono rimasti come impigliati negli occhi.

«Non c'è bisogno. Volevo solo sapere se avevi visto Bruno, pensavo fosse qui da te. L'ho chiamato ma non risponde. Volevo dirgli di venire a cena. Sai, con Pa' ridotto com'è e... volevo dirgli di venire a cena, almeno stasera».

Lo sguardo di Maria torna duro, e i ricordi che prima le facevano lo sguardo di quando era ragazza spariscono.

«Prima era qui. È andato via. Entra, ti racconto».

MARIA

«Sono Clara» mi ha detto, e per un secondo pensavo di aver sentito la sua voce venire dal citofono, anche se sapevo che non era lui. Ho aperto. Ho ascoltato i suoi passi venire su per le scale, i suoi passi salire, e poi ho visto Clara che veniva verso di me. Aveva un vestito rosso con un motivo floreale chiaro che faceva contrasto con la sua pelle abbronzata. Era bella e nei suoi occhi ho provato a trovare il tempo passato ma non sono riuscita a vederlo. Era come se lei fosse rimasta protetta sotto una teca di vetro, il tempo non l'ha toccata. Ho pensato che prima o poi le sarebbe arrivato addosso, tutto assieme, è una cosa che non puoi controllare. Stava lì davanti a me e mentre parlava cercavo tracce di lui nei suoi occhi, sui suoi zigomi, fra le sue labbra. E credo che se ne sia accorta perché mi guardava in modo strano, così ho abbassato lo sguardo. Le dico di entrare e lei mi passa di fianco e chiudo la porta.

Vuole sapere di Bruno.

«C'è anche mio fratello» dico, mentre le faccio strada verso la cucina. «Non fare caso al disordine».

Lei non risponde. Mi segue in silenzio. Quando siamo in cucina la faccio sedere.

«Vuoi un caffè?» le chiedo.

«No grazie, l'ho già preso».

Allora le racconto di Ico e di quello che è successo con la badante.

«Bruno è uscito subito dopo e non so dov'è andato». Lo dico sapendo di mentire e lei anche deve averlo capito perché lascia il suo sguardo su di me un po' più a lungo. Hanno gli stessi occhi. Poi distoglie lo sguardo e accavalla le gambe e dice «Dov'è Ico?». Lo chiamo più volte e lui spunta dal corridoio. Mi guarda. La guarda e rimane fermo. Clara sorride; si alza e gli va incontro. Lui è molto più alto di lei, potrebbe alzarla senza fatica, prenderla in braccio e portarla via.

Gli arriva vicino e gli dice «Non lo dai un bacio alla zia Clara?».

Ico sorride, si abbassa al livello del suo viso, stringe goffo le labbra e le dà un bacio sulla guancia. E rimane a guardarla, incantato, come se avesse visto una principessa o una fata che nel suo vestito rosso a fiori lo porterà in un mondo in cui io so che non posso entrare. Clara mi lancia uno sguardo e capisco.

«Vado un attimo in bagno» dico. E li lascio qualche minuto da soli.

ENRICO

È la sua voce di acqua calma che parla adesso e lei di fronte a me con i denti sul labbro mi tiene il mento e mi toglie il prurito dalle guance. Nei miei occhi lei ha le spalle bagnate di pioggia. «Esco» dice. E rimango solo nella casa a guardare le nuvole e tutto il giorno i miei occhi seguono nuvole enormi come occhi neri. Non c'è più l'orizzonte ma un muro di occhi neri che guardano verso di me e mi stringo nelle coperte senza voce per dire che ho paura, la mia faccia bagnata come i suoi capelli quando entra e dice «Sono tornata, che hai Ico. Non piangere, è solo il temporale. Dov'è mamma? Ti ha lasciato da solo?». Mi stringe a sé con i capelli umidi di pioggia, mi passo i suoi capelli sulle labbra per portare il suo odore vicino a quello che voglio dire. Lei mi mette una mano sulla fronte. Il vento striscia lungo i vetri delle finestre.

«Costruiamo un rifugio» dice. «Presto, aiutami. Prendi quella coperta, così, la teniamo ferma coi libri.

Ecco». Maria scompare sotto la coperta tirata, a gattoni, ridendo. Poi la sua testa è sotto la coperta, dice «Dai entra». E mi tira giù con la mano e ci siamo solo noi, il suo odore nella penombra, la sua bocca che ride nelle labbra dischiuse. «Vieni qui, stammi vicino» dice e le sue mani mi passano sulla schiena. «Vienimi vicino, ho freddo». La sua voce nella penombra ha sempre lo stesso peso nelle mie orecchie, anche ora che mi bisbiglia e il suo fiato mi fa caldo sul collo e i suoi capelli vicini mi passano con la pioggia sulla faccia.

Il vento suona da sotto la finestra, occhi di nuvole trovano in mare il colore del tetto del pollaio su cui batte la pioggia. Ma sotto la coperta le nuvole non possono guardare.

La vedo dalla finestra in un vestito rosso, il sorriso del suo corpo è una prugna aperta con le dita fino alle gambe dove ha sapore di terra bagnata. I suoi capelli sono petali neri nel sole, lunghi sulla schiena, seguono le onde del vento e lei si passa una mano per tenerli lontano dagli occhi. Sta salendo, ora. Non mi muovo e apro la bocca perché so che lei capisce il mio silenzio, capisce che la chiamo e so che viene qui da me. Sento che entra e parla con Maria e non mi muovo ancora. Poi Maria mi chiama dalla cucina. Poi mi alzo e dal fondo del corridoio comincio a guardarla. Appena attraverso la soglia della cucina mi fermo, per tenerla ancora negli occhi tutta intera mentre aspetto che mi viene incontro. Allora lei si alza, il vestito rosso ha ombre bianche che le scavano il corpo sul collo e sulle spalle. La guardo e sorrido. È piccola vicino a me e devo sempre proteggerla dalle cose grandi che potrebbero farle del male. Anche io sono grande e non voglio farle male, mi abbasso per toccarla con la bocca. Maria non c'è più. Clara mi guarda la fronte. Scuote la testa. «Ti metti sempre nei guai eh?». Io allungo la mano verso di lei per prenderle il sapore di terra da in mezzo alle gambe. «Ico!» dice trattenendo la voce. Sono troppo grande e non posso più toccarla, può sparire dentro di me. Poi la sua lingua è sopra il mio orecchio. «Ti ho insegnato bene». Ride. «Sei il mio amante più fedele». Mi allontana piano la mano. Maria ritorna in cucina.

«Vado. Ho un po' di commissioni da fare» dice Clara.

«Se Bruno si fa vivo ti faccio sapere» dice Maria. Mi guarda. «Su, che aspetti? Accompagnala alla porta».

Clara mi passa davanti e io la seguo fino alla porta. «Ci vediamo» dice. Le sue labbra sono vicino alla mia bocca.

Esce. Si chiude la porta alle spalle. Rimango un attimo fermo. Poi torno in camera e la vedo che attraversa la piazza. Il vestito rosso che balla nel vento e il sorriso caduto da una prugna.

«Corri» mi dice «Corri» e io la seguo su per le fasce verdi di estate piena di sole e sabbia che si appiccica sui piedi del mare lucido come uno specchio che riflette i suoi capelli neri e i suoi occhi neri sfiorati dalla schiuma e sulla sua pelle d'ulivo che ha odore di prugne spolpate nella terra nuda crescono germogli di luce. E la seguo e andiamo insieme camminando sulle nostre ombre in punta di piedi. Vedo Maria e Pietro che si muovono nel sole, corpi nudi di stelle, distrutti da un sole che ha sapore di ulivo. Li perdo. Non c'è più nulla adesso, solo il respiro di Clara più pesante del mio, carico il suo respiro dentro il mio respiro sotto le fronde che coprono le nostre teste rompendo le nostre ombre che corrono. «Più veloce» dice «Voglio scomparire» dice, e allora mi lascia la mano e corre davanti a me e la vedo che si allontana nel verde vestita di una luce che mi rimane appiccicata agli occhi, ma non ho paura, siamo tutti lì, io Pietro Bruno Maria e Clara, tutti ci muoviamo sulla terra sbucciata, nelle cicale, sotto un cielo di fuoco. Il vestito rosso che balla nel vento è il sorriso del suo corpo, la prugna che posso aprire con le dita. Si lascia cadere dagli alberi più alti, i rami provano a prenderla. Vorrei con la mano raccogliere tutto questo e metterlo in bocca e conservarlo dentro di me, conservarlo per sempre dentro di me. Il suo corpo rosso, strappato nel vento, dondolante.

BRUNO

La corrente mi prende per le spalle mi trascina, risucchia le gambe sul fondo, preme sul torace, sento gli schianti delle onde, esplodono sulla sabbia, e quelle stesse onde le sento dentro di me che premono il petto per uscire. Mordono la carne, sfondano le ossa. E grido, ma nessuno mi sente perché il mio grido è schiacciato al suolo dal grido dell'acqua.

Mamma stava stesa sul divano e leggeva e Clara era con lei sul divano, piccola, dormiva avvolta nella coperta e io chiamo «Mamma» e lei non risponde. «Mamma» dico. Lei alza i suoi occhi su di me. È come se non mi vedesse, come se non mi guardasse, nei suoi occhi non ci sono io ma qualcos'altro che non riesco a ricordare.

«Bruno» chiama Pa'.

Compare sulla porta con la camicia da lavoro e i pantaloni sporchi di terra e la faccia stanca segnata dal sole e dalla fatica. Mamma punta gli occhi su di lui e vedo che senza dirlo gli chiede di portarmi via. Glielo chiede solo con gli occhi, in silenzio, mentre Clara dorme. E io vorrei solo dire guardate che lo so, lo so che fate silenzio perché non mi volete, perché sapete che io vorrei urlare «Mamma, guardami, per favore guardami e prendimi in braccio, passami la mano sul viso e dimmi che sei lì per me, solo per me».

«Vieni, ti faccio vedere una cosa» dice Pa'. E mi viene vicino, fa per prendermi in braccio, ma io mi divincolo, non voglio toccare la terra incrostata sui suoi pantaloni, non voglio toccarlo, non voglio sentire il suo odore pungente nelle narici.

«Dai vieni. Lascia stare mamma che sta leggendo». E mi solleva di peso, sento le sue mani ruvide e dure che mi passano sotto le ascelle e mi alzano, e mi stringe a sé. E mentre sono in braccio a lui, e non vedo più l'immagine di mamma sdraiata che legge, vedo Pietro. Quando noi usciamo vedo Pietro che entra in salotto dove sono mamma e Clara e allora mi viene da piangere ma non verso una lacrima. Rimango immobile e rigido fra le braccia di Pa' che mi trascinano via da tutto e mi portano lontano, dove sono ora, fra le onde di un mare in burrasca.

Spingo di braccia e di gambe, nuoto in un mare di corpi, un mare di braccia e di gambe che si fanno spazio per uscire, si arrampicano gli uni sugli altri nell'acqua cercando di respirare, una fornace di schiuma dove bruciano corpi intrecciati in una lotta senza suono. Sporgo la testa oltre un gorgo che mi batte contro le orecchie e chiudo gli occhi, li riapro. Una cresta si rompe poco avanti a me. Mi butto sotto e il mio corpo spinge contro l'acqua. Riemergo dall'altra parte. Mi volto. Verso la riva. Vedo la sabbia e gli ombrelloni e i palazzi e più lontano, strizzando le palpebre per proteggere gli occhi dal riflesso della luce, vedo i valloni incisi dal sole, i crinali alti che sfondano il cielo in squarci di terra. Con tutte le forze avanzo verso riva. Un'onda si rompe alle mie spalle, si abbatte sulla sabbia. Coi piedi tocco il fondale. Piego le dita per aggrapparmi al suolo, come una scimmia disperata. Fletto i muscoli delle gambe, mi do una spinta e esco nel sole col busto. L'acqua si gonfia, mi alza da terra. Aspetto il risucchio, punto i piedi e mi lascio cadere di botto. Alzo le ginocchia, riemergo. Mi aiuto con le braccia, a quattro zampe. Sono fuori. Sono in piedi. Faccio qualche passo. Crollo sulla sabbia bollente. Chiudo gli occhi. Sono ancora solo, col mio dolore. Attorno a me seccano alghe e teste di medusa.

Prima di andare a fare la spesa passo sul lungomare. Enormi frangenti si frantumano disegnando ombre di sabbia. Sembrano allungarsi verso di me, per prendermi, per trasformami in ombra di sabbia, per prendere il mio corpo e sgretolarlo. Si allungano verso di me perché sanno chi sono, conoscono il mio vuoto, sanno chi sono e vogliono trasformare il mio vuoto in roccia da sgretolare. In spiaggia non c'è nessuno, solo il vento che fa muovere gli ombrelloni. Il sole ora è alle mie spalle; il mare è così grosso che la luce non ci si stende sopra ma rimane impigliata nei cavalloni che si aprono e si chiudono in una morsa, lotta per qualche istante fra la schiuma, rimane schiacciata; poi si perde, affoga in spirali intrecciandosi nella tenebra.

Distante da me vedo qualcosa nell'acqua, ma è solo una figura lontana, forse un uomo. Penso che sono come quell'uomo, senza che lui lo sappia. Sono come quell'uomo, io lo so, ma lui non può vedermi.

Se mi vedesse non potrei essere come lui, lo guardo e penso, sono come quell'uomo, la copia esatta, lui non lo sa, ma lì in mezzo al mare è uguale a me. Se ci guardassimo nello stesso momento uno dei due annienterebbe l'altro perché siamo la stessa persona. Adesso lui spera di perdersi, di finire sott'acqua, di respirare, spera di rimanere sott'acqua il più a lungo possibile. Nascosto nella corrente verrà trascinato dove l'orizzonte è una linea confusa di acque e di terre sconosciute. Aprirà gli occhi e si troverà in un mondo nuovo, per vivere ancora una volta. Cercherà di cambiare quello che era, di vivere come un'altra persona, di respirare come un'altra persona e così, senza saperlo, diventerà la copia esatta di un'altra persona.

Rimango sulla passeggiata a guardarlo. Non mi muovo. Lo guardo e penso all'abisso che ho dentro e che non si placa e divora, scava e divora senza tregua. E penso alle gallerie che ho dentro, alle pareti erose e sventrate e alle rovine che mi porto dietro. E so che prima o poi non avrò più la forza di reggere tutto quanto c'è fuori. So che prima o poi crollerò su me stessa e nessuno avrà il coraggio di raccogliere le mie macerie.

Lo alziamo in piedi, mi metto davanti a lui, mi piego in avanti con la schiena. Le sue mani si allacciano attorno alle mie spalle; gli passo le braccia sotto le cosce e lo isso sulla mia schiena. Il suo corpo magro preme su di me, le ossa delle costole che affiorano in fuori. Le clavicole. Così spigoloso sento che aderisce a fatica alla mia schiena.

«Ce la fai?» mi dice. Non aspetta una risposta. «Non farmi cadere». La sua voce ora è davvero quella di un bambino. E così ci incamminiamo per il sentiero, ai lati del mio viso vedo penzolare le sue gambe e i piedi. Non faccio fatica ma a ogni passo le sue costole schiacciano su di me, io stringo le sue cosce fra le braccia e lui impreca fra i denti, ciondolando il capo. La tesa del suo cappello di paglia che a ritmo mi batte sulla nuca.

«Tirati un po' indietro il cappello».

Lui slaccia una mano e senza dir nulla si sposta il cappello alzandolo dalla fronte.

«Così va bene» dico.

Fa caldo. Il sudore mi rimane sulla faccia come una ragnatela e non posso toglierlo dagli occhi.

«Merda» dice Pa'. «Cammina piano che sennò la caviglia mi balla».

Rallento. Aggiriamo il poggio. Il sole per qualche istante scompare. I passi di Amin sono dietro di me. Comincia la discesa. Sulla strada, confusa dal calore che la terra emana, una figura rossa avanza tenendo qualcosa. Scendo lentamente, con gli occhi che guardano a terra, stando attento a non inciampare.

«Pietro» grida qualcuno. Alzo lo sguardo nel sole e vedo Clara, vestita di rosso, lascia le borse e di corsa risale la strada. I suoi capelli neri scomposti nel vento e polvere dietro di lei, spazzata lontano dalle raffiche violente. Quando lei ci raggiunge noi siamo già sul cortile di ghiaia.

«Fammi scendere un attimo» dice Pa'. Chino la schiena e con delicatezza lo lascio scivolare fino a quando tocca terra con il piede sano. Mi raddrizzo. Lui mi tiene una mano appoggiata alla spalla, per tenersi in equilibrio.

«Che è successo?» dice Clara. «Che hai fatto Pa'?».

Pa' scuote la testa senza dir niente. Gli occhi di Clara passano da me a Pa'.

«È stata colpa mia» dico.

«Ho solo male alla caviglia, niente di grave. Non fare quella faccia. Non è morto nessuno» dice Pa' calcandosi il cappello sulla fronte. «Non è morto nessuno» ripete, come se non ci credesse neanche lui.

«Lo vedo che non sei morto» fa Clara alzando la voce. «Lo vedo. Ho visto che ti portava in spalletta e mi sono spaventata». Si tocca la fronte con una mano e si gira verso il mare.

«È stata colpa mia. Non dovevo farlo andare da solo» dico.

Clara mi guarda. I suoi occhi tornano su Pa'. «Ti vado a prendere una stampella. Ce l'abbiamo, no, una stampella da qualche parte?».

Amin mi passa di fianco con la cassetta di pomodori e si dirige verso il garage.

«Stai calma, non è morto nessuno» dice Pa'.

«L'hai già detto».

«Non so come ha fatto a farsi male» dico.

«Te l'ho detto, sono caduto dal muretto».

I capelli di Clara le passano davanti al viso.

«Stavo camminando e poi mi sono trovato giù dal muretto, sdraiato».

«Vado a prendere la spesa» fa Clara e va giù per la strada, nel sole.

Amin torna dal garage. Ha posato la cassetta di pomodori e in una mano tiene la stampella.

«Passamela, su, dammi qua» dice Pa'. Gliela strappa quasi di mano e ci si appoggia sopra. Lascia la presa sulla mia spalla. «Così ragioniamo». Prova a fare qualche passo con la stampella.

Clara ritorna con i sacchetti della spesa. «Mi si sono rotte le uova» dice. «Fai piano con quella stampella, che se cadi di nuovo io non ti rialzo».

Pa' si muove con la stampella avanti e indietro e saltella di qua e di là come un ragazzino con un nuovo giocattolo. Poi si ferma. Sta guardando qualcosa.

«Cristo di un Dio» geme. «Cristo di un Dio». Mi guarda e indica alle mie spalle. Mi giro e vedo la pala, per terra. «Solo una cosa dovevi fare».

Io rimango zitto.

«Dovevi ricordarti solo quello».

«Che c'è ora?» chiede Clara.

«Una cosa gli avevo detto. Lascia la pala dal sabbione. Solo quello doveva fare» spiega Pa' ora fermo sulla stampella.

Amin va a prendere la pala. La raccoglie da terra. «La porto su?» dice.

«Lascia stare. Posala lì».

Guardo Amin che regge la pala con cui ho toccato le ossa dell'uomo sepolto che sono anche le mie ossa, quelle ossa che mi porto dentro, il suo scheletro incastrato per intero nel mio; e improvvisamente mi sento leggero, come se potessi volare via, turbinando come fumo in un'aria d'incendio, spazzato dal vento attraverso la seta dei cirri e poi ancora oltre, nello spazio dove si può ascoltare l'assoluto silenzio degli astri solitari che si muovono in furiosa sincronia con tutto quello che è vivo e morto. E da quella spaventosa altezza i miei occhi riescono a vedere noi, qui nel piazzale, che parliamo e respiriamo, e vedo noi, nel buio dell'universo, che parliamo e respiriamo sfiorando corpi celesti di dimensioni mostruose. E allora mi viene da ridere. Una risata che nasce da dentro e non riesco a contenere.

«Ride, lui» dice Pa'.

«È solo stanco» mormora Clara guardandomi.

«Scusate... io...» e rido, con una mano davanti alla bocca per contenere quel riso. Cammino. Mi allontano. Mi fermo nell'ombra di un ulivo. Mi siedo. La risata si rompe. Rimango seduto lì, nella calura del tardo pomeriggio, guardando il mare: dal porto le onde si abbattono contro il molo in un groviglio schiumante, resurrezione di tremende masse d'acqua che avvolgono la cinta di cemento armato.

CLARA

Pietro scende la collina. Sulle spalle tiene qualcuno. Poi lo riconosco, dal cappello di paglia. Lascio cadere le borse della spesa e corro su per la strada e mentre corro li guardo scendere. Hanno il sole che li inonda da dietro e Pietro scende per la riva con gli occhi bassi e tiene Pa' sulla schiena e ora che sono più vicina vedo ciondolare il suo capo e sembrano entrambi così vecchi, come se fossero nati già con la pelle segnata dalla fatica. I loro corpi fusi in un bagliore assoluto, senza tempo: roghi di luce li circondano nella discesa. E più li guardo più capisco che tutto questo ha un disegno preciso. E quando sul piazzale incrocio lo sguardo di Pietro, mentre Pa' si lamenta per la pala, i suoi occhi mi dicono che lui ha già capito qualcosa che a me non è dato sapere. Come se nei suoi occhi avesse già tutto il passato e il futuro e per questo nel presente i suoi occhi sono sempre così tristi, come se ci guardasse con una pietà che non ha nulla di umano. E quando comincia a ridere la sua risata è un grido d'aiuto, io lo capisco, ma è come se non potessi fare nulla, come se già tutto fosse scritto in qualche grande libro misterioso e noi stessimo recitando e sappiamo di dover recitare fino alla fine, fino a quando la nostra parte sarà terminata e dovremo uscire di scena. Pietro ride disperato ma come al solito nessuno lo sente; e anche io faccio finta di non sentirlo. Lui capisce. Si allontana. So che non mi porterà rancore per questo.

«Dove sta andando?» chiede Pa'.

«Non lo so» dico.

Pa' lo guarda. Poi guarda il mare e dice «L'avevo detto che si alzava».

Sorrido. «Vieni, entriamo. Ti metto un po' di ghiaccio sulla caviglia».

«Domani sono come nuovo. Non ci vado dal dottore».

«Domani vediamo».

«Non ci vado e basta».

Guardo Amin per chiedergli di portare Pa' su dalle scale; è girato e la luce tarda gli scolpisce il profilo. Il suo viso è serio. I suoi occhi fissi nella direzione in cui Pietro è sparito.

PIETRO

Rimango seduto a lungo, guardando la luce: arriva sul mare di taglio, in piena, costoni di roccia fanno da argini, s'impunta contro gli spunzoni e succhia oscurità dai crepacci, stramazza contro i frangenti e si scioglie, in gorghi, nell'acqua verde scura. Sono gli ultimi spasimi di un sole ormai distrutto, che cerca riparo dietro alle rupi; alla fine il sole scompare, ma rimangono strascichi del suo passaggio violento. La terra sembra chiamarlo ancora, nella voce più flebile delle cicale. Ombre improvvise ricalcano le figure degli alberi incidendole nel suolo bollente. Un lucore denso, appiccicoso, rimane nell'aria che tira potente dal mare, e si stende sulle foglie, trema come una ragnatela, senza rompersi

sei l'uomo di casa tuo padre non può fare nulla è già vecchio e stanco tu sei l'uomo di casa prenditi cura di loro non fare così non piangere ci vediamo presto non posso più stare qui fa troppo freddo fa sempre freddo anche d'estate ho freddo il mio letto è freddo tuo padre è un cadavere che cammina non vediamo mai nessuno non posso uscire con nessuno perché non conosco nessuno qui sono venuta per lui ma anche lui non conosce nessuno non vuole vedere nessuno non ha amici non gli interessa quello che voglio io quando alzo il riscaldamento lui lo abbassa io lo alzo e lui lo abbassa pulisco i pavimenti e lui ci cammina sopra con le scarpe sporche di terra io pulisco e lui ci cammina ancora e ancora e lascia terra ovunque se la porta anche nel letto ho sempre quell'odore di tomba nelle narici non mi vuole qui mi grida contro mi grida perché non ho lavato perché non ho stirato mi grida perché ho comprato un vestito nuovo ma quei soldi sono anche miei li ho guadagnati quei soldi e quando grida nessuno dice mai niente nessuno mi difende anche voi state dalla sua parte certe volte mi sembra che anche voi state dalla sua parte ma ora sei l'uomo di casa se ti bastonano devi tenere la testa alta fatti bastonare ma a testa alta dimmi sì mamma

sì mamma

più tieni la testa alta più ti bastonano più sogni più ti bastonano ma tu non fermarti non ti possono toccare se rimani chiuso nella tua testa puoi costruire quello che vuoi hai uno spazio illimitato puoi vivere per anni e anni nella tua testa sognando con gli occhi aperti costruisci monumenti riempi la tua testa di monumenti e costruzioni mai viste

sì mamma

ti bastoneranno fino a romperti il cranio e allora vedranno monumenti e costruzioni mai viste e allora rimarrai nell'eternità dei giorni

E quando ci siamo visti quella volta al bar, quando mi sei venuta a trovare in quella città lontana, anche se oggi sono qui da un giorno e mi sembra di non essere mai andato via, forse è davvero così, ma avrei dovuto dirti, quella volta, che nella mia testa ho eretto templi e colonnati, ziggurat, strade, ponti e grattaceli, poi ho imparato la meccanica del vuoto, la geometria instabile delle ombre. La mia testa ora è deforme, gli occhi mi sanguinano e comunque non so nulla non ho capito nulla dell'eternità dei giorni. Così, in questa luce che ha il sapore di una trappola di metallo che lentamente mi entra in bocca per catturare i sogni e immobilizzarli come insetti in una ragnatela di dimensioni infernali, in questa luce mi trovo immobile aspettando una fine. Aspetto e provo a costruire una fine.

Alla mia destra anche l'orlo di un crinale sanguina: il sole apre le palpebre, arde il cuore di una nuvola leggera che si disfa rapidamente nel vento.

BRUNO

Mi alzo. Mi scrollo la sabbia di dosso. Mi rivesto. Il sale mi pizzica la pelle. Nelle orecchie ho il ruggito delle onde, che col calare del sole sembrano reclamare sempre più spazio e si stendono sulla riva con lo stesso rumore che fa il sabbione quando lo butti a palate e gira nell'impastatrice. Pa' ha ragione a dire che questa è una terra che non perdona. Vuole sentire sempre la fatica altrimenti si lascia andare, diventa troppo grassa o troppo magra e non serve più a nulla. A volte mi viene da pensare alla terra che coltiviamo come a una donna, le camminiamo sul corpo e piantiamo ortaggi nell'incavo dei seni, fra le scapole, lungo la colonna vertebrale, piantiamo zucchine e cavoli e carciofi, la fronte ornata di pomodori, le mani impastate del suo odore, in ginocchio dentro al suo ventre.

«Guardati intorno» dice Pa'. «Lo vedi anche tu che la gente non ha più voglia di sporcarsi le mani». E mi indica i terreni confinanti col nostro, dove le erbacce crescono in mezzo ai massi e l'erba è così alta che non si vedono quasi le zolle.

Quei muretti di cui va tanto fiero io so che non dureranno ancora a lungo. Lui fa finta di niente e poi ormai la testa l'ha persa chissà dove, ma ogni tanto qualche pietra cede, le rive pesanti di pioggia, soprattutto d'inverno, crollano e si sciolgono in colate di fango. Bisogna riassestare, ricomporre, metterci pazienza. È una terra che ti condanna a lavorare in eterno. Per questo me ne voglio liberare.

E la cosa che mi fa arrabbiare più di tutte è che Pa' ha scelto proprio me. Non ci ha pensato neanche per un secondo. Fin da piccolo io per lui ero già parte della sua terra. Mi ha preso e mi ha incastrato in uno di quei suoi dannati muretti, senza chiedere, mi ha preso come avrebbe preso una pietra e mi ha messo lì, a sostenere quello che lui aveva sostenuto prima di me.

Così mi sono trovato a non potermi muovere, per paura di far crollare tutto quanto. E lui mi guardava sempre, come se sapesse che prima o poi avrei ceduto, che non avrei resistito. E allora sono rimasto lì, dove mi aveva messo, per non dargli la soddisfazione di dire «Ecco, lo sapevo che non ce la facevi». Sono rimasto lì, immobile sotto il suo sguardo, senza un gemito, senza una lamentela. E nessuno mi è venuto a salvare. Se c'è una cosa che ho capito è che se ti vuoi salvare lo devi fare da solo. Gridi aiuto e nessuno ti sente, ti sgoli gridando aiuto e nessuno si muove, hanno paura, più gridi più si allontanano, si mettono a correre, scappano come cani. È una gara e chi arriva secondo perde tutto, non ci sono mezze misure. E per vincere devi essere il più forte, sempre, non devi mai mostrare dove sei debole perché sennò gli altri lo capiscono subito e stai sicuro che si accaniscono proprio dove ti fa più male.

Così ho ingoiato il sudore e la fatica e ho preso sulle spalle l'intera collina e me la porto ancora dietro e fa parte del mio dolore che è un dolore inestinguibile, una fiammata che strazia i cieli più alti.

E quando ho trovato il mio dolore in quella grotta con Pietro, quello era il momento in cui lui forse poteva salvarmi e non l'ha fatto. Mi ha lasciato calcificare quel dolore con la terra e il sangue. Mi ha spinto a inchiodarmi quel dolore addosso e quella fatica, senza fare nulla per salvarmi. Mi ha spinto in bocca a quel dolore come se fossi l'agnello sacrificale e poi è scappato. E io sono ancora qui, sto bruciando ma non sento più nulla. Sono di roccia. Sono diventato come questa terra. Gravido di dolore che non lascio vedere a nessuno.

Ho preparato la cena. Ico era già seduto. Gli ho tagliato la carne nel piatto.

«Aspetta» gli dico. «Un attimo, ho quasi finito».

Non faccio neanche in tempo a sedermi che mi suonano al citofono. È Bruno. Gli apro. Sale su per le scale di corsa e me lo ritrovo davanti. Vedo che ha i capelli ancora umidi. Forse capisce che lo interrogo con gli occhi e dice «Ho fatto il bagno». Fa per entrare e mi scosto di lato. Lui mi passa di fianco, mi palpa la coscia. Rimango a guardare le scale vuote. Poi chiudo la porta.

Bruno è già in cucina. Ico prende con la forchetta un pezzo di carne, se lo porta fino alla bocca e quando lo addenta gli cade sui pantaloni. Mi avvicino.

«Che combini?». Raccolgo il boccone e glielo rimetto nel piatto. Prendo la forchetta, glielo pinzo e lo imbocco.

«Così, bravo».

Bruno mi guarda e guarda Enrico.

«Posso fare una doccia?» chiede.

«Sai dove sono gli asciugamani».

Si volta e scompare nel corridoio. Io mi siedo.

«Ce la fai?» chiedo a Ico. Lui si sporge verso di me e prende la forchetta.

«Mastica piano» faccio, e mi vado a sedere.

Bruno torna poco dopo. Entra in cucina a torso nudo, con l'asciugamano avvolto intorno alla vita.

«Se vuoi c'è ancora un po' di carne».

Bruno rimane fermo. Mi alzo e gli prendo un piatto, un bicchiere e le posate. Poi prendo la padella con dentro ancora un pezzo di carne e glielo metto nel piatto.

Bruno si siede. «Prima vestiti» gli dico. Lui si alza e torna vestito.

Mangiamo in silenzio. Mastichiamo in silenzio. Bruno si versa dell'acqua, quando incrocia il mio sguardo abbassa gli occhi nel piatto. Sta zitto perché aspetta la mia approvazione per quello che ha fatto, vuole un mio gesto, uno sguardo o un movimento che gli possa far capire che quello che ha fatto è giusto. Cerca di strapparmi un consenso. Vuole che gli dica bravo, Bruno, vuole che sia io a chiedergli qualcosa, a farlo parlare. Vuole che gli dica grazie, Bruno. Ma io non ho niente da dirgli, non voglio sentire la sua voce, non voglio sapere quello che ha fatto né come l'ha fatto. Ora la sua presenza mi infastidisce, anche sentirlo masticare mi infastidisce. In quel momento decido che non gli concederò nulla. Ogni secondo che passa le sue occhiate diventano più insistenti e più le sue occhiate diventano insistenti più io lo ignoro, più lo ignoro più lui si prostra sul piatto, piega la testa per cercare i miei occhi, si schiarisce la voce per attirare la mia attenzione. Ma io sono nascosta, sono irraggiungibile. Il mio silenzio è la sua condanna, non riesce quasi più a stare fermo sulla sedia, dondola da una parte all'altra. Adesso si inginocchia ai miei piedi, penso. Inginocchiati ai miei piedi e forse ti farò un sorriso. Mettiti in ginocchio e spera in un mio sorriso.

PIETRO

«Dove sei andato?» mi chiede Pa' appena entro.

Io non rispondo. Clara lo guarda e lui rimane zitto. Mi siedo a tavola. Amin scende le scale e si ferma sulla soglia della cucina. Mi vedo di fianco a lui bambino che guardo mamma piangere.

«Io vado» dice.

«Non ti fermi a cena?» chiede Clara.

Amin fa segno di no con la testa. «Domani vengo presto. Ho del lavoro da finire».

«E c'è da aggiustare la motocarriola» dice Pa' mentre prova a mettersi il vino. «È finito». I suoi occhi incontrano i miei. «Prendimi l'altra damigiana. Alle tue spalle» e indica il pavimento. Mi allunga il bicchiere. «Versa versa, non essere timido». Clara esce con Amin sulla terrazza.

«Passami il pane» dice Pa'.

Prendo il pane e lo spezzo in due. Poi gliene passo un pezzo. Clara rientra e dice «Di pane ce n'è ancora, ma non mangiatene troppo». Anche lei mi porge il bicchiere e glielo riempio di vino. Ne prende un lungo sorso. «È quasi pronto». Si allontana. «Ah, sono passata da Maria. Ti saluta» dice mentre regola la fiamma sotto la pentola.

Fuori le ombre sono sempre più fitte ma si vede ancora il mare che striscia sulla costa, contro gli scogli.

«Bruno non torna per cena?» chiede Pa'.

Clara si volta verso di noi. Mi guarda e vorrei chiederle «Mi vedi adesso? Sono sempre qui, sono tornato».

Ma lei sposta gli occhi su Pa'. «Come va la caviglia?». Non aspetta la risposta. Prende il bicchiere che aveva lasciato appoggiato al piano della cucina. Butta giù un altro sorso di vino, dandoci le spalle.

Quando mi alzo per sparecchiare mi guarda in modo strano. Prendo il piatto di Ico e ci metto le posate dentro, lo impilo sul mio e faccio per togliergli il piatto ma si alza e con gli occhi mi fa cenno che ci pensa lui. Allora vado verso il lavello, poso i piatti e apro l'acqua calda e intanto sento che toglie le ultime cose. Mi passa di fianco, posa tutto nel lavello e rimane lì, a guardare l'acqua che scorre. Io faccio finta di niente, prendo la spugna e comincio a lavare. Lui distoglie lo sguardo dall'acqua e mi si stringe al fianco. Sento il suo membro duro contro la coscia e lui che mi guarda fisso come dire «Guarda, ce l'ho duro». E vorrei spostarlo, vorrei solo lavare i piatti e andare a letto ma non mi muovo.

«Ti ha chiamato Clara».

«Che?».

«Clara ti ha chiamato».

«Non ho guardato il telefono».

La sua faccia vicinissima alla mia faccia e il suo membro preme sulla mia coscia.

«È venuta fin qui a chiedere se ti avevo visto».

Prendo un altro piatto dal lavello e passo la spugna e lo risciacquo e lo infilo nello scolapiatti e mi sento come se non avessi mai fatto altro nella vita. Pulisco e risciacquo pulisco e asciugo e così via, per una vita intera, con Bruno che struscia il suo pene sulla mia coscia come un ragazzino e i suoi occhi che mi frugano il viso in cerca di qualcosa che probabilmente non riuscirà a trovare.

«Dovresti almeno richiamarla. Per farle sapere che stai bene».

«Lo sa che sto bene».

«Dovresti chiamarla».

«Non le interessa davvero. Lo fa solo per Pietro».

«Come fai a saperlo?».

«Lo so e basta».

Provo a allontanarmi ma lui mi passa dietro la schiena, il suo membro contro i miei glutei che spinge su di me e sento che mi schiaccia contro il lavello; e le sue braccia larghe, le sue mani puntate sul ripiano, come a impedirmi di scappare.

Mi giro, facendo forza col bacino. Ora siamo faccia a faccia.

«I ragazzi?».

«Non gli daranno più fastidio».

Ico è seduto e ci guarda senza capire. Guarda e basta. Mi viene da pensare che per lui è più facile, senza vedere tutto questo squallore, questa miseria. Sono sporca, pulisco lavo e risciacquo da una vita ma non riesco mai a togliermi di dosso lo squallore e la miseria, gocciola ovunque, intacca i muri e fa marcire il legno delle tapparelle, l'odore di marcio e muffa, di salsedine, ossa e ruggine.

Gli tiro una leggera ginocchiata proprio in mezzo alle gambe, giusto per fargli capire. Finalmente lui molla la presa.

«Metto a letto Ico adesso, se vuoi aspettami in camera».

Verso ancora un po' di vino nel bicchiere. Tengo una mano sulla pancia gonfia. Li guardo che parlano fuori, sulla terrazza, e dalla porta aperta entra la cantilena dei grilli, una ninna nanna che mi fa chiudere le palpebre. E penso alla morte. Penso che devo ancora dire a Clara di non mettermi sotto il fico. Non voglio. Ho pensato a come riposare nei secoli dei secoli, ho pensato al fico, al colore di carne dei suoi frutti. Ho pensato che il modo migliore di riposare è riposare fra le onde, trovarmi incenerito e galleggiare sull'acqua, riposare senza essere obbligato a stare stretto in una fossa, sconosciuto, libero dalle ossa e dal timore della carne. È in mare che voglio finire. Dalla porta aperta viene quell'odore che conosco bene, di burrasca. Domani sarà grosso per davvero. È che uno a stare tutto il giorno all'aperto ci fa il callo. Guardi il cielo e vedi le nuvole che vengono da ponente e capisci se è solo un temporale o viene brutto, lo senti anche dall'odore. La terra ha il suo modo di parlare, come noi quando vogliamo dire qualcosa allora muoviamo la bocca e viene fuori il suono, la terra ha le sue labbra a seconda di quello che vuole dire. Non è un unico corpo, ma tanti corpi diversi che si lasciano e si uniscono a seconda di quello che vogliono dire.

Un giorno sarò qui seduto e non ci sarà più nessuno fuori dalla terrazza che parla. Un giorno sarò cenere portata sui fondali e forse capirò meglio quello che la terra vuole dirci. A volte mi viene da pensare che la terra sono tutti i nostri cari, tutta la gente sepolta e dimenticata che ci parla con le parole della terra.

Qualche volta quando sto zappando, o magari quando poto un albero, mi sembra come di curare anche un qualcosa che va al di là dell'albero. Non so come altro dirlo, non sono capace di dirlo a parole. È solo una sensazione. Però è anche per questo che faccio quello che faccio e mi ci rompo la schiena. È come se sentissi un cuore, dentro a tutto questo circolare di stagioni senza sosta, io invecchio e invece quello che mi circonda rimane sempre uguale, io mi inginocchio, pianto le zucchine, raccolgo le zucchine, pianto le patate e raccolgo le patate, su e giù, mi consumo le ginocchia, mi ingobbisco, divento ogni giorno più piccolo, sempre più piccolo e qui invece è tutto uguale, i pruni germogliano, viene il caldo poi il freddo, taglio i rami secchi, le dita mi fanno male. È come se il mio sangue lentamente passasse dalle mie braccia alle braccia degli alberi, la mia pelle si confonde con la pelle degli alberi, i miei occhi sono già spalancati nel suolo, la pioggia mi batte sulle palpebre. La mia bocca è lontana, coperta di muschio. Col passare dei giorni la terra si prende sempre più di quello che sono e io rimango sempre meno fino a quando mi toccherà scomparire. Ho paura ma più mi perdo più mi sento in pace, leggero, forse sto già bruciando, ascolto il respiro di tutto questo, quella linfa che si muove in profondità e nutre fino alla punta di ogni foglia.

«Dove sta Bruno?» chiede Pa' dal fondo della cucina. Si è messo la damigiana vicino e non ha ancora smesso di bere.

«Non lo so Pa'». Gli occhi di Pietro guardano oltre di me, la valle ormai scura in un cimitero di ombre e il bagliore che viene da oltre le creste di roccia, dove svettano magre pinete. Pa' è così ubriaco adesso che parla da solo.

«Che ti ha detto?» dice Pietro.

«Chi?».

«Maria. Che ha detto?».

«Niente, voleva sapere come stavi». Ora mi guarda. Mi porto una sigaretta alle labbra.

«La caviglia. La caviglia mi fa un male porco» dice Pa', e si muove sulla sedia come se non riuscisse a stare fermo.

«Bisogna vedere come portarlo su per le scale» dico a Pietro.

«Non so» fa lui e capisco che è perso lontano, da qualche parte.

«Mi dispiace per oggi... tutto il casino con Bruno e...».

«Non importa».

«A me importa».

Pietro abbassa lo sguardo su di me. Nei suoi occhi vedo riflessa la punta rossa della mia sigaretta.

«So che vorresti partire, ma rimani ancora qualche giorno. Devi solo farci l'abitudine».

Non mi guarda già più. Con le pupille impastate di nero, segue il bagliore che scema dietro ai promontori.

«Certo. Ancora qualche giorno» dice.

Spengo la sigaretta. Il fiato dei grilli mi soffia nelle orecchie. Rientriamo. Pietro va in bagno; anche lui ha bevuto parecchio. Abbiamo tutti bevuto parecchio.

«Cristo mi fa un male, mi pulsa tutta» dice Pa'.

«Domani ti accompagno dal dottore».

«Ma che dottore». Pa' si batte una mano sul petto magro. «A me non mi serve, il dottore».

«Domani vediamo. Intanto per oggi dormi sul divano, non riusciamo a portarti per le scale».

Pa' sbuffa.

Pietro esce dal bagno. «Dammi una mano ad alzarlo» gli dico.

Prendiamo Pa' sotto le ascelle e lo tiriamo in piedi. «Dov'è la mia stampella?» dice.

Lo mollo e gli passo la stampella. Anche Pietro lo lascia andare. «Ce la fai a arrivare al divano da solo?».

Pa’ mi guarda come se fosse stupito di quello che ho chiesto. Fa qualche passo e Pietro lo segue fino in salotto; lo aiuta a sdraiarsi.

«Domani riportiamo la pala» biascica disteso. Poi si gira e poco dopo inizia a russare.

Pietro esce dalla stanza, chiudendo la porta.

«Puoi dormire nel letto di mamma e papà. Se hai bisogno io sono nella camera accanto».

Pietro sorride. «Va bene».

Un chiarore leggero, impercettibile, che illumina la schiena del crinale, quello che non vedo, quello che rimane nascosto eppure mi è così vicino negli occhi da spaventarmi; una sfumatura dorata che fonde i tronchi ossuti dei pini nel cielo già scuro. Entro in quella sfumatura, che scomparendo rischiara le creste, oscilla sui bordi taglienti, si aggrappa disperata all'ombra che avanza

abbiamo finito di fare l'amore e lei è seduta di fronte a me le cosce semi dischiuse e le mani che strappano ciuffi d'erba e le guardo in mezzo alle gambe quello che poco prima mi conteneva tutto il suo ventre che dilaga e contiene ogni cosa in un silenzio che non ha fine

i capelli le cadono sulle spalle fino al seno e il suo seno ha una voce di cicale come la terra che parla attraverso lei passandole in mezzo alle gambe nel fruscio dell'erba strappata sospesa sotto il suo corpo nudo le guardo la peluria leggera che ha sulle labbra mostra i denti in un sorriso che ricorda il sorriso del mare contro gli scogli il grembo chiaro nel sole che sembra sollevarla da terra con dita d'azzurro nell'erba verdissima e lucente e non oso toccarla perché non sono più nulla in quel guscio di luce sono ancora dentro di lei le sue gambe mi tengono stretto e cerco di averla negli occhi il più a lungo possibile

lei scosta il viso sotto il mio sguardo posa una mano sul piede come carezzandosi e si sofferma sulle ginocchia poi scende per le cosce e si accarezza fra le gambe

sono tua dice sono tua

ora i suoi occhi stringono i miei e la sua bocca lentamente si piega in un ansimare

«Niente, voleva sapere come stavi» dice Clara. La guardo. Il suo viso si sposta in un tempo lontano e dietro, la luce tenue si regge ancora ai tronchi feriti; il buio cresce sulle sue ciglia, la sua bocca marchiata dall'occhio rosso della sigaretta accesa

sul bordo del letto mamma racconta una storia la sua figura illuminata dalla piccola lampada accesa che disegna sul muro la sua ombra distante

come finisce mamma come finisce? dice Bruno

mamma si gira verso di lui e rimane senza faccia nella penombra

domani

come finisce mamma?

la sua mano fra i capelli

Rimane solo una punta di luce avvitata al tronco nero: nel lamento dei grilli crolla. Clara davanti a me dice parole che non posso sentire; solo grilli e un gracidare stanco di rane che cercano acqua le loro bocche si aprono e cercano acqua

devi tornare

non posso

devi tornare

non voglio tornare

il suo silenzio come il gracidare stanco di rane che cercano acqua

ti ho chiamato per dirti

non torno

E ora nel buio rivedo il suo ventre che aveva preso qualcosa di me per tenerselo dentro e poi farlo morire disperato nel sole. Guardo l'orizzonte. Il mare ha una voce rauca, chiama il mio nome. Le falene si muovono in sciame attorno alle lampade con il rumore di ali impregnate d'ombra. Sul cornicione inizia la danza notturna dei gechi. Contorsioni di teste, code vibranti nel vuoto. Gli occhi cercano le distanze, conoscono i movimenti dell'aria. Passano i giorni masticando ali.

MARIA

C'è la luce accesa anche se fuori il buio non è ancora completo. Dalla finestra vedo il cielo a pezzi, una fioritura macabra di stelle scomposte. Bruno è sdraiato sul letto e mi guarda entrare con quegli occhi che hanno una luce di cenere e sangue come un animale legato che vorrebbe solo rompere tutto e fuggire quando sa bene che non può riuscirci. È appoggiato contro la spalliera del letto, con un cuscino dietro la schiena. Chiudo la porta.

«A che pensi?».

«Io non penso». I suoi occhi passano sul mio corpo ancora vestito con quella luce d'incendio che esplode nelle pupille azzurre.

«Non si può non pensare».

Non risponde. Mi spoglio, lentamente, mi sciolgo i capelli e rimango nuda davanti ai suoi occhi, e sono già cenere, i suoi occhi non riescono a trattenere nulla, non possono vedere nulla, tutto quello che passa nei suoi occhi brucia all'istante. Il suo viso illuminato in parte dalla luce della lampada che gli scava di nero sotto gli occhi. Si alza e mi prende la vita e mi gira. Sento il suo fiato sul collo e la sua bocca mi passa fin dietro alle orecchie e mi morde i lobi e sul collo mi lascia umido e mi viene quasi da urlare. Si sfila i pantaloni che cadono a terra e ora è nudo contro il mio corpo nudo e con le dita cerca dentro di me. Poi si abbassa, passandomi le labbra sulla schiena fino in fondo alle natiche e non vedo la sua faccia che brucia ma sento la sua lingua in mezzo alle gambe e la sua faccia che affonda sempre più contro di me come volesse nascondersi e allora vedo anche Pietro, lo vedo fra le mie gambe e gli tengo una mano sulla testa, con la bocca mi tiene il respiro fra le mani. Ho uomini che bruciano fra le mie gambe e vogliono trovare la pace, un'orda di uomini che si nascondono fra le mie gambe e bruciano, corpi di uomini accatastati in roghi sull'inguine, ma io non sono quello, non sono pace, sono solo singhiozzi e solitudine, quello che cercate non esiste. Perché cercate inutilmente con questa foga da animali folli e tormentati? Dove volete andare? Io l'ho capito che non si può fuggire. Crediamo di fuggire, crediamo di poter prendere e andare via, scappare lontano, ma non possiamo scappare da nessuna parte, per le strade è già sparso il nostro sangue. Fin dall'inizio il nostro sangue è sparso ovunque, siamo già stati sepolti dissepolti e smembrati infinite volte. In mezzo alle mie gambe non c'è nessuna risposta, nessuna redenzione, solo odore di me e del mio respiro. Ma a nessuno interessa veramente questo.

A nessuno interessa il piacere di un corpo nudo che respira. Cercano tutti il segreto, pensano al sangue sparso come a un segno del mio ventre. Non sapranno mai che proprio nel mio ventre posso smembrare e seppellire ogni cosa.

Bruno mi gira verso di lui e mi guarda. La luce della lampada gli arriva da dietro alle spalle e potrebbe essere uno qualunque, uno fra tanti, se non fosse per gli occhi che ardono. Mi porta di peso fino al letto e si stende sopra di me, la sua lingua nella mia bocca. Abbassa una mano e spinge contro di me, e spinge e spinge ancora: adesso entrambe le mani stringono la spalliera del letto. Vuole spezzarmi, vuole aprirmi lo sterno per bere il mio calore.

«Esci fuori, Bruno» gli dico.

Ma lui non sente, gli occhi bruciano fissando la parete e io non ci sono più. Mi ha cancellato, estinto. Ha tranciato il mio corpo, l'ha nascosto nell'ombra. Ora spinge per seppellire sé stesso.

«Bruno esci, hai capito? Devi uscire!». La mia voce spezzata dal suo spingere, un lamento che rimane in gola. Bruno geme. Il mio corpo cosparso di germogli e gemme. Poi cadono le prime foglie. "Il nostro bambino... il nostro bambino" penso, con le foglie sugli occhi e fra le cosce e nel mio ventre. Bruno si lascia andare da un lato, si gira dandomi le spalle. Non emette più suono. Nel silenzio, alla luce cruda della lampada, il mio viso è coperto da una maschera di foglie cadute, tutto il mio corpo è chiuso in una pelle di foglie cadute.

BRUNO

Mi siedo sul letto. Punto i gomiti sulle ginocchia e mi prendo la testa fra le mani. Mi lascio scivolare i palmi giù per il viso come per scacciare una brutta sensazione. Mi tasto nelle tasche per vedere se ho portato le sigarette. Infilo la mano e tiro fuori il pacchetto. Il calore mi si ferma sotto gli occhi e si accumula. Apro la finestra e nella stanza si riversano gigantesche ombre marine, spettri di sale. Nel pacchetto c'è anche l'accendino. Tiro una boccata e il fumo viene spazzato via da una brusca folata. C'è rumore di rami sbattuti, ascoltando distinguo un fremito, una vibrazione, e mi viene da pensare che c'è qualcosa nell'aria questa sera che fa tremare il buio, fino al picco più alto, un tremito profondo, abissale, che risale dai movimenti più nascosti della terra fino a me. E alzando lo sguardo oltre i palazzi, verso oriente, i miei occhi trovano l'orbita rossa e vuota della luna che sfonda il cielo nero, un'orbita rossa e vuota che sorge dal mare come il sole d'inverno. Una luna folle che sprigiona la luce riflessa del sole già morto, conserva un calore di resurrezione. Non lascia tracce sul mare, rimane chiusa in sé stessa nella sua luce di orbita vuota e contempla l'oscurità, alzandosi lentamente dall'oscillare confuso dell'acqua e più si alza più il sangue che la veste si perde nel buio, e la luna si accende di nuovo di un bagliore brillante e candido, come se sorgendo dall'acqua si fosse pulita. Non impiega molto a dissanguarsi. Io ho già buttato la sigaretta. Ma quell'occhio sgranato che brucia in fondo ai crateri mi è rimasto nelle pupille, si è depositato, arde dentro al mio cranio, anche ora che è un cristallo bianco intagliato nel buio del cielo. Devo immergermi nell'acqua per il battesimo, devo tagliarmi sotto agli occhi e spremere via col sangue anche la brace e il calore. Mi sdraio sul letto. Maria entra nella stanza. La guardo. Poi guardo il muro. L'odore di sangue mi entra nelle narici. Dietro alla mia fronte la luna continua a bruciare, la sua massa in fiamme preme contro la nuca, l'odore di sangue e la cenere mi riempiono il naso, cadono sulla lingua impastandomi la bocca e scendono fino all'esofago, mentre Maria si spoglia davanti a me. La guardo nuda ma la vedo a macchie perché i miei occhi sono scuri di fuliggine. Mi alzo e la giro senza vederla, le passo un dito nell'incavo della spina dorsale, per capire se le mie mani ricordano le forme del suo corpo, scorro col palmo fino all'inguine e poi scendo con la bocca dove è più umida, dove il suo corpo può sopportare il calore della mia lingua. E lì, fra le sue gambe, lascio cadere i resti dell'incendio. La faccio stendere sul letto e le monto sopra prendendola per i fianchi. Posso nascondermi dentro di lei, riposare e addormentarmi fra le sue cosce. Nel suo ventre conserverà quelle parti di me che si sono salvate dalle fiamme.

CLARA

Ho fatto un sogno: vedevo Pietro venire su per la strada ma aveva qualcosa, come se venisse su camminando da un altro tempo e un altro spazio, tempo e spazio si sgretolavano a ogni suo passo, rimanevano in briciole, appiccicati alla pianta nuda dei suoi piedi: ogni passo costruiva e distruggeva, tempo e spazio si fondevano a temperature altissime, calpestava passato presente e futuro, calpestava la memoria. L'intera superficie terrestre si raccoglieva nello stesso istante sotto la pianta dei suoi piedi, si mescolava generando forme sconosciute, nuove combinazioni di realtà. Il vuoto riposava dentro gusci di conchiglia. Denti di polpo decoravano le cortecce dei pini. Occhi di balena sotto strati di ghiaccio.

Solo io potevo vederlo e dietro di lui ogni cosa ardeva in un incendio gigantesco che si espandeva seguendo i suoi passi stanchi su per la strada di polvere. Al suo passaggio la terra stessa sembrava bollire e gli ulivi si accendevano come torce. Mi guardavo intorno e vedevo solo fiamme, alte, che si contorcevano sui crinali e lambivano le rocce, inghiottivano le case e gli orti e le strade che salivano per le colline. Ma io in tutto questo ero perfettamente calma. Non c'era fumo, non c'era odore di bruciato. Pietro avanzava su per la salita portando il fuoco. Nei suoi occhi un vuoto assoluto che non capivo. Tutto bruciava e si sentiva lo sfrigolio del legno nelle fiamme; tronchi che crollavano al suolo in schianti. Il cielo e il mare erano limpidissimi come un unico grande specchio ricurvo all'orizzonte. I colori del fuoco si infrangevano su quello specchio e sembrava che il mare e il cielo fossero incendiati. Era bellissimo.

Pietro si è fermato prima di salire le scale. Ero già pronta a provare le fiamme silenziose sulla pelle e non avevo paura; ma lui si è fermato sotto le scale e prima che potessi muovermi per aiutarlo, prima che potessi anche solo pensare di aiutarlo, le fiamme l'hanno ingoiato.

Subito dopo il tempo ha accelerato. Notte e giorno, notte e giorno, ho visto la sera e la mattina passare più volte in un secondo, sera e mattina che passavano nello stesso secondo, il sole che cresceva e tramontava in un istante. Ho guardato in casa e le lancette dell'orologio appeso sopra il tavolo giravano velocissime nel riquadro. Le fiamme si sono abbassate, lentamente.

Allora ho sceso le scale. Attorno a me solo cenere. Dal cielo veniva una leggera pioggia di fuliggine. Qualche scheletro di pino sui crinali, di un colore nero nell'aria grigia. Bagliori in lontananza: un fuoco che si stava estinguendo.

Mi sono inginocchiata a terra, proprio nel punto in cui Pietro era scomparso fra le fiamme, in attesa di qualcosa che sapevo doveva accadere.

Prima sono comparsi piccoli licheni e muschio, funghi di diverse dimensioni e colori. Attorno a me colline macchiate d'erba, cespugli nodosi e arbusti. E poi, davanti ai miei occhi, fra la cenere, ho visto emergere il fusto giovane di un ulivo. Mi cresceva negli occhi, sempre più grosso e alla fine era un ulivo imponente e le radici affondavano nella terra di cenere. Allora ho sorriso. Poi mi sono svegliata.

ENRICO

Nelle coperte ascolto il rumore delle ombre che nascono da dentro i muri. Le ombre sono lacrime di buio. Una luce rossa dalla finestra viene a parlarmi ma non mi alzo per guardare perché non posso fare rumore e svegliare la montagna che guarda che dorme. Non voglio vedere il suo occhio di montagna nella luce rossa che mi conosce come il bambino che mangia la terra nella quale è sepolta. Chiudo gli occhi e provo a dimenticare il mio respiro. Piangere nel buio è come piangere con gli occhi chiusi, piangi nella bocca nera, la stanza è la tua bocca nera, le ombre sono i fiori del buio che crescono sui muri.

«Non mangiare la terra» dice mamma.

Maria seduta a tavola non mangia. Rimane zitta a guardare nel piatto e non mangia. Le chiedo con la testa perché non può muovere le labbra, ma lei guarda nel piatto e non mangia, le chiedo con le dita di parlare ma lei sta zitta.

Mamma mastica e papà sbuffa mentre mastica e tossisce.

«Perché non mangi?» chiede papà a Maria. Ma le labbra di Maria sono immobili sopra il piatto pieno.

Papà lancia un'occhiata a mamma e lei beve un sorso rosso dal bicchiere rosso e abbassa lo sguardo.

Papà ricomincia a masticare ma ora mamma non posa la forchetta e sento le sue labbra sul bicchiere e la sua gola si gonfia. I suoi occhi passano da me a Maria e da Maria a papà che tossisce ancora.

«Mi odiate» dice mamma. E la sua voce passa attraverso il bicchiere nel silenzio della bocca di papà che smette di masticare.

Mamma si alza di scatto e corre via, nel corridoio, le sue braccia e le sue gambe si rompono nel buio. Papà sospira. Maria mi guarda e sorride ma vedo sul suo viso l'ombra della lampada del soffitto che lascia il suo sguardo nudo sopra di me.

«Io non capisco» dice papà e la sua bocca riprende a muoversi e la sua bocca si muove sempre masticando il cielo, il corpo di mamma è steso sopra una nuvola, i suoi occhi sbirciano da dentro alla nuvola perché sulla nuvola riposano quelli che hanno perso le loro ombre. I suoi occhi sono l'ombra delle nuvole. Non dice «Non mangiare la terra» e così io riprendo a mangiarla perché voglio essere terra per guardare il cielo sempre da sdraiato e cercare mamma e papà con gli occhi. E anche sotto le coperte cerco di nascondermi dalla lingua rossa che lecca il buio e parla una lingua sconosciuta che solo le ali dei grilli conoscono. Le ali dei grilli rispondono al calore della notte, sono sotto la coperta, vicino alla mia testa. Il suono della terra masticata lentamente ma non sono io a sentirne il sapore. La luna stende la lingua rossa e le bocche delle cicale addormentate sono una grande bocca che conserva il sapore di terra divorata. Chiudo gli occhi per farla smettere. La casa coi muri bianchi non è più bianca nei miei occhi chiusi. È scorticata di luce e le piante le crescono attorno per avvolgerla nel sonno. È il tempo della notte, la coperta di roccia invisibile, la mia testa è chiusa dentro alla montagna che guarda.

Maria mi chiude nella stanza e Pietro, che è anche Bruno e Pietro insieme, la faccia di Bruno e gli occhi di Pietro, la mano di Pietro e la fronte di Bruno, il mento di Bruno e il ginocchio di Pietro, la fa urlare quando lei dice che è un gioco. Se non dice niente allora parlano gli alberi. Se gli alberi non parlano allora me li metto in bocca e cerco di capire cosa vogliono dire. Strappo le radici coi denti e succhio quello che vogliono dire, mi riempio la bocca anche se gridano. Spacco i rami e lecco le foglie morbide con la lingua.

CLARA

Cammino nel buio e entro nella stanza di mamma e papà. Pietro è girato di schiena. Penso a mamma e papà immobili sul letto, hanno gli occhi spalancati e guardano la luce della luna sventrare il soffitto. Hanno gli occhi spalancati e si girano verso di me che sono piccola, piccolissima e chiedo perché vi siete girati, perché vi girate verso di me, io sto bene, tornate a dormire, chiudete gli occhi. Ma rimangono immobili e guardano il mio corpo da bambina, già vuoto. Anche ora che sono adulta il mio corpo è da bambina. Morirò vecchia in un corpo da bambina, porterò sempre in grembo questo: il mio essere bambina. Pietro è a torso nudo, con la luna che gli buca la schiena e le braccia sotto il cuscino il suo corpo sembra mutilato. Mi stendo piano di fianco a lui e lo ascolto mentre respira. Chiudo gli occhi. Sento il suo corpo che si gira e i suoi occhi guardarmi. Mi volto. Il suo fiato mi soffia sulla guancia. Siamo circondati da un fossato di luce lunare.

«Davvero assomiglio alla mamma?» dico, e la voce mi si consuma nelle bocca.

Pietro non risponde subito. Allunga una mano e trova il vuoto, non può toccarmi, la ritrae subito, capisco che ha paura dal respiro. Poi si calma.

«Sì» dice. Le sue labbra non si muovono sulla faccia scura.

«Com'era mamma? Con te intendo».

«Io... credo di non ricordarlo».

Siamo solo voci nel buio e faccio fatica a distinguere la mia dalla sua perché senza volto siamo tutti la stessa cosa. Mamma e papà sono nascosti sotto al letto e ci ascoltano. Sono rannicchiati sotto al letto in silenzio.

«Posso dormire con te?» chiedo.

«Sì».

Poi si gira di nuovo di schiena. Il suo corpo si muove verso l'orlo del fossato, tomba di lune trascorse. Poi rimane tutto fermo. Noi, nel buio.

MARIA

Apro gli occhi. Sono raggomitolata su me stessa, le ginocchia proteggono il ventre. Dalla finestra entra una lama di luce che taglia il muro bianco. Ancora le cicale come se il tempo si fosse fermato in un eterno giorno e la notte non fosse mai scesa e quello che è successo erano solo sogni nella testa scossa dal caldo. Bruno allarga le narici e tira su col naso. È già sveglio e i suoi occhi sembrano rimasti nella notte. Ha la fronte sudata. Mi guarda: ha lo sguardo coperto di cenere. Mi sento appiccicata al copriletto ma mi manca la forza di alzarmi. Bruno si tira su, si ferma alla finestra, spalanca ancora di più le ante; la lama di luce si sposta dal muro e dilaga nella stanza sfiorandomi il corpo ancora sdraiato. Mi giro d'istinto, per proteggere il ventre. Rimango stesa nelle cicale; aspetto che lui dica qualcosa.

«Devo andare» dice Bruno. Ha una voce ferma. Giro gli occhi: anche lui è nudo; il membro gli pende in mezzo alle gambe.

«Dove vai?».

«A casa. Devo tornare a casa».

«Non vuoi...».

«No, devo andare» risponde senza lasciarmi finire. «Per ieri...».

«Non importa» dico guardandomi il ventre nel sole.

«Ok». Raccoglie i vestiti da terra e si veste. «Vado» dice.

Vorrei fermarlo, ma dovrei farlo col corpo e non con le parole, e invece lui mi guarda, poi esce dalla stanza, passa in corridoio, sento la porta che si chiude. Non potevo muovermi.

Poi poco dopo che è uscito mi metto seduta sul bordo del materasso. Mi passo entrambe le mani sul ventre caldo, sudato. Sorrido. Ico dorme ancora.

Non so dire di preciso ma circa un'ora dopo sento le sirene. Ico è di fianco a me e si mette a piangere.

«Va tutto bene, stai tranquillo. Ora passa» dico. Strilla come un matto. È strano sentire sirene su per questa strada. Si avvicinano e il suono lacera il suono delle cicale e rimbomba lungo tutta la collina. Mi affaccio alla finestra e vedo passare un'ambulanza e una macchina dei carabinieri. Corrono veloci su per la strada e spariscono alla curva.

«È finito, è finito» mormoro, ma Ico continua a piangere così forte che la saliva gli va di traverso e ho quasi paura che si strozzi. Si sentono ancora le sirene in lontananza. Torno alla finestra. Guardo la casa coi muri bianchi, nel verde già scoppiato di sole.

SANDRO

Un'anta sbatte. Guardo la finestra. Ho dormito più del solito, la luce è già forte. La caviglia mi pulsa e il dolore mi prende tutta la gamba. Provo a girarmi sul fianco, lentamente. Cristo se fa male. Stringo i denti. Riesco a mettermi seduto. La stampella è appoggiata per terra. Provo a chinarmi da seduto per raccoglierla ma non riesco. Mi stendo ancora su un fianco e allungando il braccio riesco a afferrarla. Drizzo la schiena, con le gambe distese davanti a me e la stampella in una mano. Puzzo di sudore e ho ancora la terra sotto le unghie. Dalla finestra arriva una luce tesa e odore di mare nel vento, lo si vede da qui che rompe alto lungo tutta la costa strappando urla alle rocce. Punto una mano sul bracciolo del divano e provo a alzarmi con la stampella. Mi sbilancio, il peso mi finisce sulla caviglia e mi esce dalla bocca un lamento. Rimango fermo in piedi, tutto appoggiato contro la stampella. Non ci sono rumori in casa. Da fuori viene un suono metallico. Arrivo fino alla finestra e la luce mi stritola il viso. Vedo il ragazzo, il negro, a torso nudo che entra sotto di me nel garage, con una cassetta degli attrezzi.

«Parte?» dico a voce alta.

Aspetto qualche secondo e il negro ritorna in cortile e alza la faccia verso di me.

«Non ancora» dice.

Guardo dietro di lui, la pala, contro il muro. Lui si volta a vedere dove sono i miei occhi.

«La porto su?».

«No, lo fa Pietro» rispondo. Pietro è mio figlio. È il maggiore, è tornato. Solo una cosa gli avevo detto, lasciala dal sabbione, gli avevo detto. Mai una volta che ti ascoltano, i figli sono così, fanno sì con la testa ma non ti stanno mai a sentire, fanno sì ma la loro testa è già da qualche altra parte.

Provo a fare qualche passo e quando capisco come muovermi senza sentire troppo male vado in cucina. Prendo un bicchiere di quelli sporchi nel lavello, per non fare lo sforzo di arrivare fino alla credenza. Ci do una sciacquata veloce e già che ci sono mi passo la mano bagnata sulla faccia. Faccio per prendere il latte in frigo ma capisco che con una mano non riesco. Vado fino al tavolo, poso il bicchiere, torno al frigo e prendo il latte. Mi siedo al tavolo e mi riempio il bicchiere. Penso che c'è tanto da fare e invece io sono qui che non mi posso muovere. Ma tanto dal dottore non mi ci faccio portare, potessi crepare qui su due piedi. Così aspetto una mezz'oretta e poi un'oretta che qualcuno si svegli ma dalle scale non scende nessuno. E sui campi posso già immaginare le pieghe di sole tra gli alberi, potrei stare a dire cosa è in ombra e cosa viene toccato dalla luce. E con tutto il lavoro che c'è da fare mi viene una rabbia. Fosse per me sarei andato su a svegliarli ma con questa gamba gonfia non posso mica rischiare di volare giù dalle scale. Così mi schiarisco la gola cercando di fare più rumore possibile e poi rimango a sentire se qualcuno si alza, ma niente. Allora rimango lì seduto a bere latte e penso che ridotto come sono avrei dovuto cominciare subito col vino.

PIETRO

Sono qui. Sono tornato e ho il sole che mi scalda le palpebre. Clara dorme ancora, girata verso di me. Un seno le esce dalla canottiera. Sono steso dove di solito si stende Pa', ho dormito dove di solito dorme lui, dove mamma dormiva, il letto in cui ha dormito l'ultima volta prima di alzarsi. Non può dormire da nessun'altra parte, se la penso non riesco a vederla dormire da nessun'altra parte. Può riposare solo qui, è ancora qui, schiacciata dal corpo di Clara.

Quando scendo in cucina ci trovo Pa', seduto, con le gambe allungate sotto il tavolo. È girato verso di me come se mi stesse aspettando da molto e mi guarda severo.

«Eri stanco» dice senza chiederlo.

Alzo le spalle, mi prendo un bicchiere e siedo con lui. Tutti e due sentiamo la macchina che sale veloce per lo sterrato.

«Bruno» dice Pa’ e i suoi occhi lo cercano già nella stanza. Prova a alzarsi.

«Cristo!» esclama e ricade sulla sedia.

Si sentono le ruote della macchina che girano nella ghiaia del cortile con uno sfrigolio morbido. Non so perché ma il cuore mi accelera in petto e dalla porta chiusa arriva distinto il frastuono delle cicale che sembra rimbombare e riempire la casa, sono dentro la casa, coprono i muri e il soffitto e sfregano le ali una con l’altra e si incastrano una con l’altra e alcune cadono morte sul pavimento, alcune le schiaccio coi piedi, girano su loro stesse sbattendo le ali spezzate sul pavimento. È mio fratello, mi dico.

«Vai a vedere se è lui» dice Pa’.

Mi alzo e quando apro la porta un vento feroce mi sbatte sul viso. Socchiudo gli occhi nella luce e guardo il riverbero del sole sull’acqua che oscilla e si dibatte come se volesse fuggire; i frangenti schiantano i suoni del giorno contro le scogliere e tutta la costa biancheggia. Dalla macchina scende Bruno. Mi guarda.

«Brutta puttana» sibila. «Brutta puttana». E nel buio torno alla luce con il suo sibilo nelle orecchie e le sue mani che mi prendono per i capelli, sono ancora con gli occhi chiusi nel sonno e le sue mani mi alzano per i capelli, mi sveglio col suo respiro sulla faccia.

BRUNO

E appena arrivo sullo sterrato, appena imbocco quella maledetta strada mi sento di nuovo un peso enorme addosso che non riesco a levarmi e ci provo, giuro che ci provo, ero già pronto a vederli tutti e guardarli negli occhi e affrontare quelle loro facce che mi vedono come il cattivo e che mi giudicano sempre e Pietro che fa finta di nulla, non dice mai niente, non chiede «Perché ti sei comportato così, perché ti comporti da stronzo?». Non dice nulla e fa finta di niente e mi saluta con la sua faccia magra da quello che non sa mai niente quando io so che sa molto più di me e vorrebbe dirmi che sono uno stronzo e invece non fa mai nulla perché è un codardo, sono tutti dei codardi e solo averceli intorno mi fa venire qualcosa allo stomaco come quando devi vomitare a stomaco vuoto, conati d'aria. Vorrei solo chiedere scusa e qualcuno che mi dicesse «Hai fatto lo stronzo ma va bene lo stesso, se l'hai capito va bene». Invece nessuno dirà nulla e io entrerò in casa e mi guarderanno subito con sospetto e poi come se fossi un oggetto delicato che hanno paura di rompere dicendo quello che dovrebbero dire.

Così salgo lo sterrato e dal finestrino vedo Amin giù in garage che traffica con la motocarriola e prende i miei attrezzi e manco me l'ha chiesto, se poteva prenderli. E quando scendo c'è Pietro lì in piedi sulla terrazza, come se fosse venuto a accogliermi in casa mia, e mi fa un cenno timido con la mano come se avesse paura pure a salutarmi. E nei suoi occhi lontani che non vedo so che mi dice «Per favore, stai tranquillo, per favore» parlandomi con gli occhi come si parla con i cani. E prima di salire le scale Amin esce dal garage e mi guarda anche lui senza dire una parola, con quegli occhi da negro di periferia, da negro prepotente, quando sono io che gli ho trovato un lavoro e sono io che gli do da mangiare, mi guarda come se fossi colpevole di qualcosa e dovessi scusarmi per forza, quando io già lo volevo fare, ma di certo non con lui, perché a lui che ho fatto? Vedo la sua cicatrice sul petto e in quella cicatrice c'è il suo dolore, ma dov'è il mio? Dov'è la mia cicatrice? E mi si stringe la gola e salgo le scale con le mani chiuse a pugno.

SANDRO

«Allora, è arrivato?» chiedo a Pietro che se ne sta in piedi sulla terrazza imbambolato con quella mano alzata nel vento che è così forte che mi sembra possa portargliela via.

«È arrivato?» dico più forte.

E vedo la testa di Bruno che emerge dalle scale. Entra prima lui, poi Pietro chiude la porta. Bruno mi guarda, poi guarda la stampella.

«Che hai fatto?» chiede.

«È caduto» dice Pietro.

«Sono caduto» dico.

«Questo l'ho capito. Volevo sapere come hai fatto».

«Sono caduto da un muretto sulla fascia di sotto» dico.

Bruno si volta verso Pietro. «L'avete lasciato da solo?».

Pietro si guarda intorno e per un secondo sembra quasi che stia per scappare, almeno con gli occhi. Così rispondo io. «Siamo andati a vedere di aggiustare la pompa. Non tirava bene. Poi mentre tornavo...».

«Quindi ti hanno lasciato da solo?» dice Bruno con voce dura. Non aspetta neanche la risposta. Lancia un'occhiata scura a Pietro e dice «Vado a farmi una doccia».

«Su c'è Clara che dorme» fa Pietro.

Bruno lo guarda. Fa un sorriso ironico. «Tanto si deve svegliare».

Pietro non risponde. Lo segue con gli occhi mentre sale le scale.

«Poi andiamo a vedere la pompa» faccio io senza voltare la testa. «Bisogna smontarla».

Bruno non dice nulla. Sento i suoi passi su per le scale. Il rumore però non è quello che conosco. Non sembra Bruno sulle scale ma qualcun altro. Monta su piano, come se si trattenesse. Sembra che ogni passo faccia sempre più fatica. Sale lentamente e sulla scala il rumore della scarpa e del legno che scricchiola arriva ogni passo più in ritardo. Io conosco mio figlio e lui non sale le scale in questo modo. Fa un rumore, salendo, che non è il rumore di mio figlio.

BRUNO

Arrivo in camera sua e non la vedo dormire ma sento il suo respiro che dorme così i miei occhi non vedono più e so quello che devo fare. Ma i miei occhi non vedono quello che ho davanti, solo quello che devo fare. Sul letto di mamma e papà, penso. L'ha portato qui sul letto di mamma e papà e si è fatta scopare qui nel buio mentre tutti dormivano. E da cieco la vedo distesa mezza nuda, i capelli neri sul cuscino e vedo quel negro che la prende sopra mamma distesa nel mio ricordo.

«Brutta puttana» dico fra i denti. «Brutta puttana». E ogni volta che lo dico sento la schiena squarciata aperta e i miei compagni che ridono, possono vedermi il cuore battere nella gabbia toracica ma non esce sangue, rimane quel dolore che non si vede e ridono. Lo ripeto ancora, coi denti «Puttana». La prendo per i capelli, lei spalanca gli occhi e grida ma io la trascino per i capelli giù dal letto e lei si dibatte, scalcia. Provo a tirarle uno schiaffo ma si divincola e con un calcio mi fa sbilanciare. Cado seduto sul letto. Lei si rialza e la sento correre giù per le scale di fretta urlando ancora. La rincorro.

«Dove vuoi andare» le dico. «Dove vai» e la seguo giù per le scale. La vedo uscire dalla porta sulla terrazza nel sole.

«Bruno» dice Pa' con la sua voce vecchia e lamentosa. «Che fai Bruno?» dice quasi piagnucolando. La sua mano cerca di trattenermi per un braccio ma tiro uno strattone e la sua mano cade nel vuoto della stanza con la sua voce che si spegne nei miei occhi. Pietro è davanti a me, davanti alla porta. Non dice nulla quando avanzo verso di lui. Non ne ha la forza. Lo scosto con una spallata e lo spingo di lato e so che i suoi occhi mi seguono giù per le scale.

Clara è in cortile. Si tiene la canottiera strappata contro i seni nudi e piange, dietro alla schiena del negro che l'ha scopata sul letto dove riposa il ricordo di mia madre.

Mi fermo poco distante da lui. La sua cicatrice negli occhi più chiara sulla sua pelle nera. Lui con una mano tiene Clara e intanto indietreggia e Clara mi urla e ripete «Sei fuori di testa, sei fuori di testa» piangendo.

«Levati di mezzo» grido nella luce e gli occhi che sanno quello che devono fare. «Ho detto levati!». Mi lancio in avanti e una mano mi punta sul petto e mi spinge all'indietro.

«Calmati adesso» dice il negro e la sua voce è ferma e per un secondo, forse neanche un secondo, la sua voce mi fa quasi paura ma è solo un attimo. Lo guardo fisso negli occhi e non trovo paura.

«Mi metti le mani addosso?» grido ancora.

«Io non faccio nulla. Tu calmati» dice lui, e la sua voce è tranquilla e risuona sopra la mia anche se la mia è più forte e stridula e so che lui questo lo sa e pensa di potermi controllare, pensa che io non ho quella cicatrice sul petto e allora si crede di potermi controllare. Mi getto su di lui.

Vedo Pa' che si sforza d'alzarsi e spinge sulla stampella e fa smorfie di dolore. Dalla porta arrivano le grida e il pianto di Clara distinto sopra le voci dei due uomini.

«Vieni» dico a Pa' e lo aiuto a alzarsi per portarlo fuori, non so perché, come se lo stessi accompagnando a uno spettacolo che forse ho già sognato e mi sembra di conoscere. Usciamo nel sole che arriva dritto sulle nostre facce sudate. Pa' mi zoppica accanto e io lo reggo con una mano sotto il suo braccio e lui si sostiene a me per andare alla luce. Dall'alto della terrazza vedo Bruno fermo di fronte ad Amin e poi Bruno che si lancia verso di lui e Amin lo colpisce forte sulla testa, a mano aperta, quando Bruno è sbilanciato in avanti per prenderlo al busto e buttarlo a terra. Bruno barcolla, fa qualche passo in avanti veloce, come se stesse per cadere. Ma rimane in piedi. Clara resta schiacciata contro il muro, dietro ad Amin, e continua a piangere senza riuscire a fermare i singhiozzi che le scuotono il petto e le scoprono i seni.

«Ora si ammazzano» dice Pa'. Gli lascio il braccio e corro giù per le scale. «Così si ammazzano» dice Pa'. Sono uno sopra l'altro e si tirano pugni e sanguinano. Clara si sposta di lato e fa cadere la pala appoggiata al muro. Bruno è sopra Amin e lo colpisce con forza sul viso fino a quando l'altro non rimane immobile con le braccia. Allora Bruno smette mentre Clara urla e lo graffia sulla schiena, le cicale sono ovunque intorno a noi e il rumore delle loro ali è il rumore di un applauso, battono le mani e succhiano la linfa dalle cortecce con l'aria che fonde la salsedine in colate di polvere bollente.

Bruno si alza, barcolla. Balbetta qualcosa. Si gira di spalle, verso di me. Allora Amin è in piedi, il sangue gli copre tutta la faccia. Afferra la pala da terra, le braccia si gonfiano all'indietro per colpire, il sangue che gli cola dalla fronte sugli occhi. Poi un rumore molto simile allo schioccare delle cicale, un rumore di ossa rotte nella terra con odore di mare che è la mia terra. Un buio che mi entra negli occhi di getto, sotto il sole, e mi prende gli occhi per portarli via, lontano, per vedere tutto questo in un altro modo, con un sorriso sulle labbra come labbra di schiuma sulla sabbia.

SANDRO

Riesco a scendere le scale lasciandomi scivolare contro la ringhiera e tenendo la stampella con una mano. Il negro alza la pala per aria e mena un fendente, di taglio, e prende Pietro che si butta fra lui e Bruno. Lo prende proprio sulla testa, sulla tempia, e il sangue esce subito come una fontanella, a zampilli, e si sparge per terra sulla ghiaia. Pietro cade di botto, come un sacco di patate, si rovescia a terra e dalla tempia il sangue continua a uscire, ma sempre più piano, sempre più piano, fino a quando non è che un filamento sottile che gli inzuppa i capelli e attorno al suo capo si forma una pozza di sangue scuro, che si impasta alla polvere e alla ghiaia. Una pozza quasi a forma di aureola attorno al suo cranio spaccato.

«Pietro» chiamo. Che fa lì per terra? penso.

«Che fa lì per terra?» dico. Così si sporca, tiratelo, su, aiutatemi a tirarlo su, è pesante. Non riesco a tirarlo su da solo, è troppo pesante. È mio figlio, non suda mai mio figlio. Guarda per terra, la luce gli entra nel cranio, con gli occhi pieni di polvere guarda il sangue che gli esce dal cranio ma non riesco ad alzarlo perché lui non vuole, vuole rimanere sdraiato, le sue braccia sono molli e mi scivolano giù dalle spalle. Mi metto in ginocchio e raccolgo il sangue con le mani provo a rimetterlo dentro la testa, si impasta coi capelli, la sua testa dorme e il suo corpo dorme ma i suoi occhi sono spalancati e la bocca sorride, si è tagliato la punta della lingua coi denti, sta proprio lì davanti, un pezzo rosso di lingua nella polvere. Lo lascio riposare ancora un po', lasciamolo riposare. È stanco anche se non suda, non si vede ma è stanco. Bisogna ricucirgli la lingua, mettetela subito nel ghiaccio. Pulitela sotto l'acqua e mettetela nel ghiaccio. Sorride perché ha visto qualcosa. Che hai visto Pietro? Non rispondi? Che stai guardando, che hai visto Pietro? Cristo di un Dio quanto è difficile farti parlare. Certe volte penso che sei un idiota. Lo penso ancora. Sei un idiota, non parli mai, te ne stai a fissare la ghiaia, sorridi fissando la ghiaia perché sai qualcosa, stai salutando qualcuno, hai visto qualcuno che ti sorrideva e non puoi dirmelo perché ora dormi. Va bene così, non importa. Sei tornato. Non c'è fretta, poi parleremo. Intanto ora sei qui, sei tornato.

EPILOGO

Così si placa la rabbia del dio estinto, non con schiume rabbiose e lampi accecanti di luce che preannunciano il diluvio, ma con una silenziosa morte coperta di vento rosso d'argilla e polvere. Il cadavere verrà spogliato e lavato in ogni sua parte secondo le usanze, il volto ricomposto dalle fatiche sembrerà dormire di un sonno semplice. Verrà scavata una nicchia nella roccia della scogliera imbiancata dalla salsedine e lì, dietro una piccola teca di vetro, un brandello di veste verrà conservato dalla minaccia del tempo.

Gorghi di luce affondano fra le onde mentre dalle barche vengono gettate le reti. Un rumore di zappa arriva da lontano. L'ombra di un pino disegna una figura incappucciata sulla parete della casa, mendicante spettrale e solitario che guarda l'azzurro dalle orbite vuote e nell'azzurro trova il destino che lo attende, l'apparizione definitiva: uno sguardo corrisposto velato da lacrime di pioggia e rugiada e la promessa dell'autunno.

Ma intanto ci sono ancora lucertole bagnate di sole. Corpi nudi sulla sabbia. Il sipario è calato e le bestie miracolose si abbandonano alle forme insospettabili del letargo. Tornano i movimenti conosciuti, quelli che riempiono le giornate una dietro l'altra senza incombenze di sangue e sacrifici. Reti cariche di pesci, brillio di squame, pinne di schiuma.

Ci sono silenzi che si propagano nel tempo e nello spazio e raggiungono le orbite dei pianeti in lucide fiammate ma intanto l'ombra gigantesca del mostro marino si frantuma in una vibrante collisione di correnti sotterranee, le sembianze del mostro si dilatano fino a scoppiare in simboli tumefatti, scorticati. Pelli di serpente lungo il lastricato dei cortili. Prugne divorate da scarabei. Tronchi masticati nella notte.

L'ululato dei cani. Campi di ortiche.

Una madre che canta la ninnananna al figlio.

Tutto è in quella voce notturna che accompagna la caduta da un sonno all'altro.

INTERZONA

1. Franca Cavagnoli, *Nel rumore del fiume*
2. Gianluca Barbera, *Se il diavolo*
3. Michele Neri, *Come un mattino texano*
4. Francesco Marangi, *Angeli di sale*

FSC
www.fsc.org
MISTO
Da fonti gestite in maniera responsabile
FSC® C129194

FINITO DI STAMPARE NEL MESE DI APRILE 2023
PER CONTO DI ALESSANDRO POLIDORO EDITORE
PRESSO PRINT ON WEB SRL